MÊME PAS CAP

KYLIE GILMORE

Ceci est une œuvre de fiction. Les noms, personnages, lieux, marques, médias et incidents sont soit le produit de l'imagination de l'auteur, soit utilisés dans le cadre de la fiction. L'auteur reconnaît la marque déposée et les propriétaires des marques déposées de divers produits nommés dans cette œuvre de fiction, qui ont été utilisés sans permission. La publication/l'utilisation de ces marques déposées n'est pas autorisée par, associée avec ou sponsorisée par les propriétaires des marques déposées. Toute ressemblance avec des événements réels, des lieux ou des personnes, vivantes ou mortes, n'est que pure coïncidence.

1

— À quel point êtes-vous romantiques ?

Charlotte Vega se retint de rire en entendant la question que son amie posait aux frères Campbell et à leurs amis assis au bar. Les hommes n'étaient *pas* romantiques. Hailey était assise sur le bord de sa chaise, avide d'entendre le moindre détail romantique croustillant.

Rien de croustillant. Rien de romantique non plus.

Charlotte aurait pu faire économiser beaucoup de temps et de frustration à Hailey ce soir-là si seulement cette dernière l'avait écoutée. Les hommes aimaient la nourriture, le sport et le sexe. La romance ne faisait pas partie de l'équation. Pièce à conviction n° 1 : les hommes en question avalaient les brownies et la bière, les yeux rivés sur le match de basket universitaire à la télé fixée au-dessus du bar. Charlotte dut admettre que les hommes étaient agréables à regarder, la plupart d'entre eux étant grands, bruns et musclés. Il n'était pas compliqué d'imaginer que le sexe n'était jamais très éloigné de leurs pensées, une fois qu'ils avaient eu leur compte de nourriture et de sport.

— Sur une échelle d'un à dix ? demanda Hailey d'une voix de plus en plus désespérée.

En tant qu'unique organisatrice de mariages de Clover Park, Hailey Adams avait l'intention de trouver des partenaires pour les femmes célibataires du Club de Lecture Happy End et elle estimait que c'était sa mission de mieux comprendre les hommes célibataires afin de réaliser cet objectif. Elle pensait avoir déjà permis à trois membres de trouver leur âme sœur.

Charlotte était sur le point de dire à Hailey de laisser tomber lorsque Don Juan entra dans le bar en roulant des mécaniques, vêtu d'une veste en cuir noir, d'un jean usé et de chaussures de marche. Ses cheveux bruns étaient coupés court, les coins de ses yeux marron foncé étaient plissés par un sourire d'un blanc éclatant contrastant avec sa barbe de trois jours sombre sur sa mâchoire carrée. Bien sûr, il l'ignora complètement, comme avant. Il salua les garçons – ses frères – avec exubérance, leur faisant des accolades viriles avec des tapes dans le dos. Il s'arrêta ensuite pour saluer certaines de ses amies, embrassant Hailey sur la joue et ébouriffant Mad, sa sœur, qui étaient toutes deux assises de part et d'autre de Charlotte.

Charlotte se moquait complètement du fait qu'il l'ignorait.

— Salut, Charlotte, dit Ty d'un air nonchalant, comme s'il ne lui avait pas manqué de respect la dernière fois qu'elle l'avait vu. Ça fait longtemps.

— Bonjour, dit-elle froidement.

Ty s'installa sur le tabouret de bar à côté de Hailey. Même s'il n'y avait qu'une personne entre eux, Charlotte refusa de regarder dans cette direction. Elle avait eu la malchance de rencontrer l'arrogant Ty Campbell au mariage de son frère, à Noël dernier. Cela faisait trois mois et elle était encore irritée par la façon dont Ty avait volontairement invité toutes ses amies à danser au mariage, même sa propre sœur, et pas elle. Puis il avait eu l'audace d'agir comme s'il ne jouait pas à un petit jeu pour obtenir son attention et la pousser à le lui demander. Ha ! Charlotte avait eu assez de mauvaises relations pour durer toute une vie, depuis les infidèles aux menteurs aux hommes avec de sérieux problèmes émotionnels. Et il était hors de question qu'elle joue à des jeux de séduction.

Elle but une gorgée de martini et elle se tourna pour parler à Mad. Elle attendit patiemment que Mad se concentre, étant donné qu'elle était assise sur les genoux de son fiancé et qu'il la caressait dans le cou avec son nez.

La voix tonitruante et grave de Ty était impossible à ignorer.

— Qu'est-ce que j'ai raté ? Je répondrai à toutes tes questions, ma belle.

— Merci, répondit gentiment Hailey. Je demandais aux garçons à quel point ils s'estimaient romantiques sur une échelle d'un à dix.

Charlotte risqua un coup d'œil.

Ty choisit ce moment-là pour ôter sa veste en cuir, révélant un T-shirt noir et des biceps énormes couverts de tatouages tribaux. Son pouls passa à la vitesse supérieure en voyant le spectacle érotique de ses bras.

— Sur une échelle d'un à dix, dit-il d'une voix traînante en gardant le regard rivé sur Hailey. Je dirais dix.

— Ha ! lâcha Charlotte.

Cet homme lui avait terriblement manqué de respect. Ce n'était *pas* romantique.

Ty la regarda dans les yeux avec un petit sourire suffisant sur les lèvres.

— Je sais faire monter la chaleur quand je le veux.

— La chaleur, ce n'est pas la même chose que la romance, rétorqua Charlotte.

Quel idiot !

Ty ignora sa remarque.

— Qu'as-tu d'autre, ma belle ? demanda-t-il à Hailey.

Hailey rayonnait, ses yeux bleu clair brillant d'adoration.

— Je dois dire que tu es bien plus coopératif que tes frères et tes frères de sang.

Charlotte étouffa un rire. Hailey était une de ces femmes classes et raffinées qui n'assumaient pas tout à fait le langage familier. Les Campbell avaient une bande de frères honoraires, des types qui avaient grandi auprès de la famille Campbell.

Hailey jeta ses cheveux blonds vénitiens par-dessus son épaule.

— D'accord, question suivante. Quand as-tu ri à voix haute pour la dernière fois ?

Ty lui fit un sourire diabolique.

— Avec Park en venant ici quand il m'a dit que les autres allaient répondre à tes questions sur la romance en échange de brownies et de bière gratuite.

Hailey s'offusqua.

Charlotte retint un sourire, ne souhaitant pas encourager Ty. Cet homme était incorrigible.

La bière de Ty arriva et il but une gorgée avant de dire :

— Tous les hommes ne sont pas aussi ouverts à leur côté romantique que moi. Tu l'as bien compris, n'est-ce pas ?

Tellement prétentieux. Tellement confiant. Charlotte ne voulut plus écouter un autre mot de cet insupportable…

Stop. Ne le laisse pas te manipuler.

Hailey lui donna un coup de coude et chuchota :

— Je te parie que sa réponse à la question sur le plein air est bien meilleure que celle des autres garçons.

C'était la seule question à laquelle ils avaient répondu – horrifiant et décevant Hailey – en affirmant que le sexe était leur activité de plein air préférée. Sans doute juste pour ennuyer Hailey. *Bien joué.*

— J'en doute, murmura Charlotte avant de finir son martini.

— Activité de plein air préférée ? demanda Hailey à Ty.

Ty fit un clin d'œil à Charlotte.

— J'adorerais te le dire, mais je crois que Josh pourrait m'étrangler.

Il fit un sourire ironique à son grand frère Josh, le barman et gérant de Garner's Sports Bar & Grill, qui ignorait ostensiblement la conversation.

Hailey jeta un coup d'œil à Josh, qui la regarda de ses yeux bruns profonds et expressifs. Ils avaient une relation de meilleurs ennemis qui avait dégénéré en une véritable guerre. Récemment, Hailey avait lancé une rumeur selon laquelle Josh avait une maladie le rendant impuissant. Il ne savait toujours pas que c'était la raison pour laquelle il recevait de gros pourboires, mais peu de numéros de téléphone. Charlotte espérait vraiment être là quand l'explosion aurait lieu lorsqu'il découvrirait la chose. Certains disaient qu'il y aurait un renversement brutal entre les deux, de la haine à l'amour. Charlotte les soupçonnait de trop s'amuser à être meilleurs ennemis pour arrêter un jour.

Hailey se pencha tout près de Ty.

— Chuchote-le-moi.

Ty chuchota quelque chose et Hailey soupira.

— Ce sont les garçons qui t'ont dit de répondre ça ?

— Ont-ils dit la même chose ? demanda Ty.

— Oui !

Ty jeta la tête en arrière en riant.

— Que veux-tu, c'est sans doute ce que diraient tous les garçons. N'est-ce pas, Josh ?

Josh grommela quelque chose et se déplaça jusqu'à l'autre côté du bar.

C'était comme s'ils lisaient tous le même livre de drague.

— Les hommes ! s'exclama Hailey en levant les bras. Toujours le sexe en tête. Où est la romance ?

Charlotte frotta le dos de Hailey, se sentant un peu protectrice de la naïveté de son amie. C'était exactement pour cette raison qu'elle avait laissé tomber les hommes trois ans auparavant. Tous les chagrins d'amour l'avaient conduite à manger pour compenser émotionnellement. Elle avait pesé cinquante kilos de plus que maintenant. Elle s'était rendue dans une salle de gym, avait travaillé avec un entraîneur personnel et elle fut si inspirée par le résultat qu'elle devint elle-même coach personnelle. Désormais, elle ne sortait avec des hommes que selon ses propres conditions : quand et où elle le choisissait, et jamais pour quoi que ce soit de sérieux.

Ty intervint.

— On peut à la fois avoir le sexe et la romance.

Charlotte lui jeta un regard incrédule avant de réconforter Hailey.

— La romance n'existe pas dans la vie réelle. Pourquoi crois-tu que nous en lisons dans le club de lecture ? C'est un fantasme féminin.

— On peut avoir les deux, insista Ty. Ce n'est pas parce que Charlotte n'a jamais…

Charlotte lui jeta un regard noir et il se tut. Momentanément.

— Bon sang, dit Ty avec un ton presque admiratif, tu as un regard qui tue. Je parie que ça éloigne bien les hommes.

— La ferme, aboya Charlotte.

Hailey se tourna vers Ty.

— Non, ne la ferme pas. Continue à parler. As-tu déjà eu à la fois la romance et, tu sais, l'autre chose ?

— Une fois, dit-il d'un ton étonnamment doux. Mais il se trouve qu'elle s'était servie de moi pour être présentée à un réalisateur, avec lequel elle a couché. Question suivante.

Ty était un cascadeur qui avait travaillé dans beaucoup de films.

Hailey continua.

— Sortirais-tu avec quelqu'un qui gagne plus d'argent que toi ?

Ty haussa ses épaules massives.

— Ça dépend.

Il jeta un regard rusé en direction de Charlotte.

— Tu gagnes combien, Char ?

— C'est une question extrêmement impolie, l'informa-t-elle.

Et une très étrange façon de flirter.

Hailey ne se sentait plus.

— Si tu pouvais avoir un dîner avec n'importe qui, vivant ou mort, qui serait-ce ?

Ty se leva et contourna Hailey, envahissant l'espace personnel de Charlotte. Mon Dieu, ce qu'il sentait bon. Boisé, musqué, une touche de citron. Il sentait comme le sexe frais en plein air. Oh non !

Il sourit à Charlotte.

— J'aimerais dîner avec toi.

— Es-tu doué avec tes mains ? demanda Hailey qui se tenait près de Ty désormais, sans se rendre compte du fait que Ty faisait des avances.

Charlotte en revanche, en avait bien conscience. Sa respiration était difficile, elle brûlait de la tête aux pieds. Elle cligna des paupières, essayant de trouver une réponse tranchante qui lui donnerait la distance dont elle avait besoin pour se remettre à respirer normalement. Ty se penchait dangereusement près d'elle. Proche comme pour un baiser.

Il pivota soudain et dit d'une voix rauque près de son oreille :

— Très doué.

Elle avait l'esprit embrumé.

— Hein ?

Il se redressa.

— Je suis très doué avec mes mains.

— Super ! piailla Hailey.

— Oh, dit Charlotte avec une répartie brillante.

— Que fais-tu pendant ton temps libre ? demanda Hailey.

Ty répondit en regardant droit dans les yeux de Charlotte.

— J'espère le passer avec Charlotte. Acceptes-tu de dîner avec moi ce week-end ?

— Non.

Ouf. Son cerveau s'était remis à fonctionner.

Ty resta bouche bée, comme si personne ne lui avait jamais refusé quoi que ce soit.

— Bien ! s'exclama Hailey. Waouh ! D'accord ! Merci pour tes réponses franches. Je vais aller m'asseoir là-bas.

Elle partit.

— Revenons-en au dîner, dit Ty en s'accoudant au bar à côté d'elle.

Charlotte indiqua la télévision.

— Le match est serré. Tu ne veux sûrement pas rater ça.

Il se redressa, inclina la tête et s'éloigna, rejoignant ses frères de l'autre côté du bar. Bien. *Parfait*. C'était ce à quoi elle s'attendait.

Elle le chassa de son esprit et se concentra sur ses amies. Presque une heure passa et elle songeait à se commander un autre martini lorsqu'elle sentit quelqu'un la dévisager. Elle se retourna et vit que les yeux de Ty étaient rivés sur elle au lieu du match. C'était quoi, sans problème ? Elle lui jeta un regard noir avant de se retourner, bien décidée à l'ignorer.

Mais peu importe à quel point ses amies étaient amusantes ou intéressantes, elle était sans cesse distraite par la sensation d'être observée. Il fallait alors qu'elle s'arrête et qu'elle jette un regard noir à Ty jusqu'à ce qu'il cesse.

C'était comme un jeu de ping-pong du regard.

Sauf qu'elle avait l'impression marquée que son regard était plutôt du style 'j'te mate un peu, bébé'. C'était super irritant.

Ping-pong de regards.

Et encore.

Elle pensa gagner, car il ne l'avait pas regardée depuis un moment. Elle se sentit abattue, pas du tout aussi contente qu'elle l'aurait cru avec cette victoire. Un martini apparut devant elle.

— De la part de Ty, dit Josh.

Elle jeta un coup d'œil à Ty, qui leva les sourcils avant de se retourner vers ses amis. Oh, elle allait accepter une boisson gratuite. Où était le problème ? Elle leva le verre, but une gorgée et vit Josh glisser une serviette devant elle avec un mot griffonné : *Tu danses avec moi ? Ty.*

Elle fixa la serviette. Il lui demandait de danser *maintenant* ? Ici, dans un bar sportif sans piste de danse et sans musique ? Il plaisantait, ou quoi ?

Quelqu'un lui tira les cheveux. Ty.

— Alors ? demanda-t-il.

Elle pivota face à lui, essayant de trouver la meilleure façon de gérer la situation, lorsqu'il passa un bras autour de sa taille et la souleva du tabouret de bar.

— Hé, qu'est-ce que tu fais ? s'exclama-t-elle.

Il la reposa sur ses pieds et il l'éloigna du groupe, une main au creux de son dos. À la moitié du trajet, elle planta fermement ses pieds dans le sol et ils s'arrêtèrent brusquement.

— Qu'est-ce que tu fabriques ? demanda-t-elle en luttant pour contrôler son humeur.

Il lui tendit la main, la paume vers le haut.

— Danse avec moi. Laisse-moi me faire pardonner pour avant.

Elle lui fit entendre son point de vue, avec le port de tête et tout.

— Tout d'abord, ce n'était pas des excuses pour *avant*. Deuxièmement, personne ne danse et je ne vais pas me donner en spectacle juste parce que tu te sens coupable pour *avant*. Et troisièmement, je n'apprécie pas que l'on me manipule.

— Pardon pour avant, dit-il d'un air sincère.

Elle l'observa un instant, surprise par sa sincérité, mais elle décida rapidement d'arrêter les frais. Elle rejoignit ses amies au bar.

La voix de Ty porta à l'autre bout du bar.

— Et si je te disais que je n'ai pensé à rien d'autre qu'à danser avec toi au cours des trois derniers mois ?

Tout le monde se retourna pour le dévisager. Même Charlotte ne put s'empêcher de le fixer en entendant cette affirmation osée.

— T'as bu combien de bières, mon vieux ? demanda Park de l'autre côté de la pièce.

Ty secoua lentement la tête, ne la quittant jamais des yeux.

Il n'avait pensé à rien d'autre au cours de ces trois derniers mois ? Elle rougit, car c'était assez romantique, même si c'était de sa faute à lui s'ils n'avaient pas dansé.

— Que ce soit une danse lente ou rapide, je suis prêt pour toi, appela Ty.

Ses joues se mirent à brûler, elle n'avait pas l'habitude d'être ainsi placée sur la sellette. Ses amies gloussèrent et les garçons regardèrent Ty au lieu de la télé. Elle s'avança vers lui avec l'intention de le faire taire.

Il parla le premier.

— J'aurais dû te demander de danser avec moi il y a trois mois, au mariage, et je le regrette depuis.

Elle se sentit faiblir devant tant de sincérité. Malgré tout, il l'avait snobée.

— Tu jouais à un petit jeu et je t'ai dit que je ne jouais pas.

— Danse avec moi maintenant.

— Non.

Elle se retourna pour partir et il lui bloqua le chemin.

Charlotte grinça des dents. Cet homme devait apprendre une chose ou deux sur les femmes.

De près, il fut encore une fois frappé par sa beauté. De longs cheveux bruns ondulés, une peau dorée qui semblait briller, des yeux marron profond, un nez mignon, des lèvres pulpeuses et sensuelles et un corps de rêve qui ne pouvait appartenir qu'à une femme qui aimait le fitness autant que lui.

— Hors de mon chemin, grogna Charlotte.

Ty la regarda dans ses yeux étincelants de colère et il proposa les meilleures paroles auxquelles il put penser.

— S'il te plaît, accepte mes excuses sincères pour avoir demandé à tout le monde sauf toi de danser au mariage de Claire et Jake. Tu avais raison, je jouais à un jeu, et je le regrette sincèrement. Ta beauté m'a tapé dans l'œil et j'espérais te plaire sans insister trop lourdement. Parfois je suis un peu lourd, comme tu l'auras sans doute remarqué. Enfin, ça s'est complètement retourné contre moi et c'est de ma faute.

Elle pinça longuement les lèvres avant de dire :

— Oui, c'est de ta faute.

— Laisse-moi me faire pardonner. Viens dîner avec moi. Je suis en ville pendant un mois pour le travail.

Il vivait à Los Angeles, mais il prenait fréquemment l'avion pour New York avec son travail de cascadeur. Il demandait ces contrats, car sa famille vivait près de là, dans le Connecticut.

— Non.

Elle passa à droite pour le contourner.

Il se remit devant elle.

— Pourquoi pas ?

Elle lui jeta un regard sombre.

— Tu veux une liste de raisons ?

— Tu as une liste ?

— C'est terminé.

Elle se déplaça à gauche et il fit un pas avec elle.

— Tu vois comme nous aurions été doués sur la piste de danse ? dit-il avec un sourire. C'est comme *Danse avec les stars* par ici.

Ses lèvres eurent un sursaut, mais elle se força à garder un visage sérieux. Cette petite faille dans son masque sévère fut tout ce dont il avait besoin. Il déversa son charme, faisant appel à son côté de coach sportif.

— Il y a un restaurant qui fait des steaks fameux à Brooklyn. Tu aimes le steak, non ? Toutes ces protéines pour se faire des muscles.

Elle posa une main sur sa hanche.

— Pourquoi aurais-je besoin de me faire des muscles ?

— J'ai entendu dire que tu étais entraîneuse personnelle. Bien sûr, tu n'as pas *besoin* de te faire des muscles.

Il la dévisagea d'un air admiratif. Elle était vêtue d'un T-shirt vert sombre moulant à manches longues et d'un jean noir serré avec des bottes à talons hauts. Elle ne faisait que quelques centimètres de moins que son mètre quatre-vingt. Ses longues jambes seraient fabuleuses autour de lui.

— Ton corps est incroyable.

Elle leva un sourcil.

— D'habitude, cela fonctionne sur tes conquêtes ?

Il secoua la tête. D'une façon ou d'une autre, il n'arrêtait pas de faire tout foirer avec elle.

— Je ne voulais pas être insultant. J'ai été un coach personnel et j'apprécie seulement tes efforts de fitness. Je parie que ta ceinture abdominale est en béton.

Elle lui jeta un regard exaspéré. Mais le fait était qu'elle était toujours là, alors il essaya une autre approche : le gentleman super sincère. Il savait comment faire d'après

son père et quelques-uns de ses frères, même s'il ne prati-
quait pas souvent la chose.

— Charlotte, dit-il d'un ton rauque en prenant sa main
dans la sienne. Je pensais seulement à un bon repas et de
la conversation. Je ne te considérerais jamais toi, ou une
autre femme, comme une conquête.

Il aimait les femmes et il avait été éduqué de façon à
les traiter avec respect. Charlotte lui avait tapé dans
l'œil au mariage avec sa robe jaune moulante. Contrairement à la majorité des femmes, elle lui était restée en
tête. Sans doute à cause du tempérament fougueux
qu'elle avait montré lorsqu'elle avait dénoncé son jeu.
Elle le défiait, ce qui l'excitait. Un peu comme son
travail de cascadeur, mais en mieux. Cela faisait très
longtemps qu'aucune femme ne l'avait intéressé au-
delà d'une seule soirée. Il lui tardait de la revoir, et
lorsque le travail l'avait rappelé sur la côte est, il avait
donc été prêt à passer à des choses bien plus
personnelles.

Elle retira sa main et inclina la tête.

— Tu es un beau parleur, je l'admets, mais tes mots
manquent de profondeur.

— Que veux-tu dire ?

— Je veux dire que je ne crois pas à ces conneries.

Il partit d'un grand rire, l'appréciant encore plus pour
sa franchise.

— Pour boire un coup, alors ?

— Non.

Il prit sa main et il la fit lentement tourner sur elle-
même, comme s'ils dansaient. Elle jouait le jeu.

— Tu aimes effectivement te faire désirer.

Elle lui avait dit ça au mariage. Il le lui rappela afin
qu'elle sache qu'il ne l'avait pas oublié.

Elle fit un sourire époustouflant qui disparut aussitôt. Il la refit tourner et garda sa main dans la sienne.

— Un verre, dit-il. Allez, tu peux m'accorder un verre.

Elle retira sa main et l'examina. Il travailla sur son expression de gentleman sincère, mais c'était très difficile à cause de son naturel de bon vivant. En temps normal, il brûlait la chandelle par les deux bouts. Il vivait pour l'adrénaline. Son travail était donc parfait pour lui.

Il lui sourit lentement.

— Tu es tentée, n'est-ce pas ? Laisse-moi améliorer l'offre. Quelques verres et une danse.

Elle pinça les lèvres en réfléchissant.

— Mad dit qu'aucun de ses frères ne sait danser vite.

— Mad ne sait pas tout.

Il se pencha près de son oreille.

— Je n'arrive pas à te sortir de l'esprit. Un verre, après on danse si tu veux, pas de pression.

Il recula pour la regarder en espérant qu'elle voie la sincérité dans ses yeux.

Elle poussa un long soupir.

— Un verre.

Il fut parcouru d'un sentiment victorieux.

— Super !

Il sortit son téléphone.

— Donne-moi ton numéro et nous pourrons décider d'un horaire.

— Jeudi prochain, dix-neuf heures, après mon dernier cours à la salle de sport, dit-elle.

Pas de numéro, mais elle avait au moins décidé d'une heure.

Il hocha la tête.

— Oui, jeudi soir, ça marche pour moi. Quelle salle de sport ?

— Elle est à Clover Park. Peak Fitness. Ça s'appelait Le Bond Fitness quand Derek était propriétaire.

— J'ai travaillé là-bas ! Cool. Derek y est-il encore ?

— Nouvelle direction. Maintenant, c'est Becca. C'est une salle de sport pour femmes.

Il rangea son téléphone dans la poche de son jean.

— D'accord. Je passerai te prendre là-bas et nous irons…

Elle leva la main pour l'arrêter.

— On boira un verre d'eau à la salle de sport et puis je rentrerai chez moi.

Il fronça les sourcils, confus. Il avait cru à sa victoire.

— Un verre d'eau, répéta-t-il.

— Oui.

— C'est ça, notre rendez-vous ?

— C'est ton unique verre.

Elle retint un sourire, mais son regard fut jubilatoire.

Il fronça les sourcils. *C'est* toi *qui me dis que tu ne joues pas à des petits jeux.* Elle l'avait bien eu avec son rendez-vous pour un verre d'eau.

— Tu n'es pas obligé de venir de New York pour un gobelet d'eau, ajouta-t-elle. Je comprendrais tout à fait.

— Oh, je serai là.

— D'accord.

Elle passa devant lui, d'un air très suffisant.

— J'y serai, appela-t-il dans son dos.

— J'attends ça avec impatience, dit-elle en jetant rapidement un coup d'œil par-dessus son épaule.

Il admira ses fesses fermes et ses longues jambes pendant un moment ensorcelant avant de reprendre ses esprits.

— Tu peux compter là-dessus.

2

———

Jeudi, Charlotte travailla dur pour rester concentrée pendant son dernier cours de fitness, essayant de ne pas penser à Ty. Il n'allait quand même pas vraiment venir jusque dans le Connecticut pour un gobelet d'eau, n'est-ce pas ? Ce serait de la folie. Une heure de route jusqu'à Clover Park, peut-être plus s'il y avait de la circulation. Aucun homme ne ferait un tel effort pour un seul verre avant de repartir. Et puis quoi encore ? S'il venait, cela ne ferait que prouver qu'il était fou. Elle n'avait pas besoin d'un fou dans sa vie. S'il ne venait pas, ce serait très bien pour elle. Elle avait beaucoup trop à faire pour perdre du temps à penser à un homme.

Elle longea les rangées de femmes dans son cours avancé d'aéro yoga. C'était comme du yoga sur une balançoire en tissu, un sport sans trop d'impact qui donnait l'impression merveilleuse de flotter dans les airs. La musique entêtante de Simrit se faisait entendre en fond.

— N'est-ce pas une façon amusante de s'étirer ? demanda-t-elle.

La classe d'une douzaine de femmes, la plupart ayant

la trentaine et la quarantaine, acquiesça en murmurant doucement depuis leurs balançoires où elles étaient allongées sur le ventre.

Elle retourna à sa balançoire à l'avant de la salle et elle montra le mouvement suivant, la posture de l'arc.

— Maintenant, attrapez vos chevilles derrière vous et sentez vos poitrines s'ouvrir.

Elle les regarda l'imiter dans le miroir. Elle donnait un certain nombre de cours dans la salle de sport, mais elle préférait travailler en tête-à-tête avec les clients. Les résultats étaient généralement excellents, et elle savait que c'était en partie grâce à son soutien et ses encouragements. Elle avait un jour été à leur place. Sa patronne, Becca, avait été son coach privé.

Vingt minutes et plusieurs postures plus tard, elle les guida dans la position du lotus sur la balançoire.

— Sentez votre colonne s'étirer et le haut de votre tête tirer vers le ciel.

Elle ferma les yeux, se sentant en paix et rafraîchie.

Elle les guida ensuite dans la posture shavasana sur le tapis à côté de leurs balançoires. Elles terminaient toujours par cette posture profondément relaxante, allongées sur le dos, les paumes de main vers le ciel. C'était la position la plus difficile, car ses élèves avaient du mal à se détendre complètement.

Elles passèrent un long moment en silence. Elle était contente des progrès de ses élèves du cours avancé. Puis elle entendit un murmure parcourir la classe.

Elle ouvrit les yeux. Les femmes chuchotaient en regardant vers la porte. *Pas possible.* Il était venu. Pour un gobelet d'eau !

Ty était accoudé dans l'embrasure de la porte, les bras croisés, dans un T-shirt sans manches et un jean usé. Oh la la, elle aimait vraiment ses tatouages tribaux autour de ses énormes biceps. C'était bien trop facile d'imaginer ce que pouvaient faire ces bras : soulever, porter, réarranger comme il le voulait. Elle rougit lorsqu'une image étonnamment claire de Ty disposant de son corps comme il le voulait lui passa par la tête. Au lit.

Les femmes étaient désormais assises, en train de le fixer.

Il leur fit à toutes son sourire charmant.

— Bonjour, Mesdames. Ça l'air sympa, avec ces balançoires.

— Merci à toutes, dit Charlotte en s'asseyant. À la semaine prochaine.

Les femmes semblèrent figées sur place, les regards rivés sur la beauté masculine appuyée contre la porte.

— Est-ce ton petit ami ? demanda l'une d'elles.

Charlotte secoua vivement la tête et elle se souvint que ses cheveux étaient attachés en une queue de cheval désordonnée.

— Non, il travaillait ici autrefois.

Elle retira son élastique, le glissa à son poignet et aplatit vite ses cheveux.

Ty se repoussa de l'embrasure et se dirigea tout droit vers elle, lui rappelant un loup approchant de sa proie : lent et agile avant de bondir.

— Charlotte m'a promis un verre. Si cela se passe bien, elle pourrait même m'accorder le *plaisir* d'une danse.

Les femmes gloussèrent. Charlotte se leva en essayant de ne pas rougir. Il l'avait dit d'une façon tellement coquine.

Ty ricana. Il le savait.

Elle fronça les sourcils.

— Je te rejoins dans le couloir, près du distributeur d'eau.

Il sourit et des rides de rire se formèrent autour de ses yeux marron. Il adorait jouer et s'amuser, presque le contraire d'elle. Alors pourquoi avait-elle soudain si chaud, pourquoi ses nerfs se tendaient-ils d'anticipation ? Lorsqu'il la rejoignit, elle était certaine que tout le monde pouvait voir le rouge de ses joues, de son cou et de *partout*.

Il parla d'un ton mielleux.

— C'est bon de te revoir, Charlotte Vega.

Toutes les femmes firent des 'oh' et des 'ah'. Elle ne lui avait pas dit son nom de famille, alors il avait dû se renseigner sur elle. Pas grave. Il lui avait suffi de poser la question à sa petite sœur, Mad.

Elle inclina la tête en direction de Ty avant de se retourner vers ses élèves.

— Je vous vois la semaine prochaine, Mesdames.

Elle espérait qu'elles allaient comprendre et partir, mais elles restèrent à leurs places, apparemment fascinées par Ty. Elle se réconforta en se disant que n'importe quelle femme aurait cette réaction de désir incontrôlable face à cet homme. Il débordait d'assurance sexuelle et de charme.

Alo-o-ors, que faire, que faire ? Comment gérer cette situation embarrassante ? Elle cligna des paupières, faisant exprès de ne pas regarder Ty en souhaitant que son cerveau se remette à fonctionner. *Ah oui. Travaille.* Elle s'écarta de Ty et elle s'occupa en décrochant sa balançoire. Elle allait toutes les laver pour le cours suivant.

Ty apparut à ses côtés, la surplombant parce qu'elle était pieds nus.

— Laisse-moi t'aider avec ça.

— D'accord, marmonna-t-elle.

Ils décrochèrent rapidement les balançoires avant de les déposer dans un grand chariot. Il l'aida aussi à rouler les tapis et à les ranger dans le placard. Quand ils eurent terminé, elle remarqua que les femmes de son cours traînaient en groupe autour d'eau du couloir, en parlant et en jetant des coups d'œil discrets vers Ty et elle.

— Il est temps de boire notre verre, annonça-t-il.

— Oui.

Pour une raison bizarre, elle se sentait nerveuse, comme si c'était un vrai rendez-vous. C'était absurde. Ils allaient boire un verre d'eau comme tout le monde.

Il plia le coude en lui offrant son bras, le geste la prenant par surprise. Elle avait l'habitude des hommes qui jouaient les durs. Pas un type qui voulait l'escorter comme un gentleman jusqu'au distributeur d'eau. Elle se sentit bizarre, un peu étourdi, et elle marcha tout droit vers la porte sans son aide.

— J'aime tes vêtements de sport, lui dit-il.

Elle portait un T-shirt et un pantalon de yoga.

— C'est mon uniforme de travail, répondit-elle. Bon, nous y voici.

Elle remplit un gobelet en papier avec de l'eau et elle lui tendit.

Il le prit, parvenant d'une façon ou d'une autre à glisser son doigt le long de son poignet en même temps. *Bien joué.* Elle connaissait ce type d'hommes. Toujours en train de flirter.

À vrai dire, le geste lui donna un peu des frissons.

Elle ignora cela et se servi un verre.

Il finit, froissa le gobelet et le jeta dans la petite poubelle.

— On danse ?

Elle continua à boire son eau. Les femmes près de là

s'étaient tues, regardant leur échange avec beaucoup d'intérêt.

— As-tu apprécié ton verre ?

Il parlait d'une voix de velours, sexy et dangereusement douce.

Elle finit rapidement son eau et jeta le gobelet à la poubelle.

— C'était parfait. Merci beaucoup.

Il lui prit la main.

— Dans ce cas, il semblerait que nous pouvons faire cette danse tant attendue.

Elle déglutit. Il y avait un éclat un peu dangereux dans ses yeux.

— Non merci, ça va.

Il regarda autour de lui et s'adressa au groupe.

— Qu'en pensez-vous, mesdames ? Je lui dois une danse depuis un mariage où j'ai raté ma chance. N'aimeriez-vous pas me voir obtenir cette danse aujourd'hui ?

— Oh que si ! fut l'avis général.

Charlotte n'apprécie pas que Ty implique ses élèves comme s'il faisait un spectacle.

— Si tu veux tellement danser, vas-y, je t'en prie.

Son sourire fut diabolique et un peu satisfait, comme s'il venait de décrocher une victoire. Il prit sa main et elle s'écarta.

— Non, juste toi, dit-elle.

— Vous avez vu ça ? demanda-t-il au groupe d'un grondement joyeux.

Tout le monde l'avait vu. Les femmes encouragèrent Charlotte à danser avec lui. Quelqu'un chuchota :

— Je veux bien le faire pour toi.

Ty la regarda dans les yeux. Elle croisa les bras sur sa poitrine.

Il poussa un gros soupir.

— Je te dois une danse. Très bien, d'accord. Mets-moi ce que tu as sur ta playlist.

— Parfait, dit-elle. Nous aimerions toutes te voir danser.

Il était impossible qu'un homme danse tout seul devant tout un groupe de femmes. En outre, il savait sûrement seulement danser les slows.

— Ce sera probablement une danse rapide, ajouta-t-elle.

Il leva un coin de sa bouche.

— Fabuleux.

Elle le fixa des yeux. *T'es sérieux ?*

Il leva le menton. *Tu vas voir.*

La communication silencieuse l'inquiéta. C'était comme s'ils étaient sur la même longueur d'onde. Elle pivota les talons et retourna dans la salle de sport où elle attrapa son téléphone et cliqua sur sa playlist personnelle d'entraînement. La musique alla se synchroniser avec le haut-parleur. Les femmes les suivirent en observant la scène avec une curiosité franche.

Ty vint se placer derrière elle, sa chaleur réchauffant son dos. Elle eut un désir très étrange de s'appuyer et de se laisser fondre contre lui. Il passa le bras devant elle pour tenir le téléphone et regarder sa musique. Son avant-bras avait une longue cicatrice fine et des muscles bien définis. Elle examina la cicatrice en se demandant combien il en avait à cause des cascades. Le léger pincement d'inquiétude pour sa sécurité rejoignit les papillons dans son estomac. Elle avait l'esprit troublé, embrouillé à cause de sa proximité et de son odeur boisée, musquée, de sexe en plein air.

Il lut par-dessus son épaule et elle sentit sa respiration brûler son oreille.

— 'SexyBack' de Justin Timberlake ? Avec plaisir.

— Peut-être quelque chose de moins, euh…

Elle déroula rapidement le reste de sa playlist à la recherche d'une chanson moins sensuelle. *Non, pas celle-là, oh, surtout pas celle-là.* Apparemment, elle aimait les chansons sexy.

Il parla d'une voix plus rauque :

— Vilaine fille.

Elle se tourna vers lui.

Ty lui jeta un regard plein de sous-entendus.

— Mets 'SexyBack', sauf si tu as peur de ce que tu pourrais voir.

— Je n'ai pas peur, marmonna-t-elle en faisant réapparaître la chanson et en appuyant sur 'play'.

Ty se pavana jusqu'au milieu de la pièce et il se tourna, les yeux brûlants et fixés sur les siens. Elle retint sa respiration en se demandant s'il allait se ridiculiser et ce que cela signifiait s'il acceptait de le faire pour elle ?

Il fit une ondulation sensuelle de tout son corps, puis il attrapa le bas de son T-shirt d'une main, le soulevant en faisant une autre ondulation complète. Aïe, c'était torride. Elle fixa chaque centimètre de peau bronzée exposée lorsque des abdos bien définis, des pectoraux et des épaules énormes apparurent. Il enleva le T-shirt et le jeta vers elle.

Des acclamations se firent entendre. Ce n'était pas elle. Elle était restée sans voix. Le T-shirt rebondit sur sa main paralysée et tomba sur le sol.

Les femmes se précipitèrent vers l'endroit où elle se tenait afin de mieux voir Ty.

— Oh, oui ! l'encouragèrent-elles. Enlève tout !

— Mesdames ! s'exclama-t-elle.

Ty sourit et continua à danser, faisant gonfler ses pectoraux, se tournant sur le côté pour faire une autre ondulation sensuelle du corps, puis de face, croisant les bras en faisant tourner ses hanches. Elle se mit à transpirer. Oh, mon Dieu, il était doué. Plus que doué. C'était comme si elle avait son propre *Magic Mike*. Le film sur les strip-teaseurs qui était aussi devenu un spectacle dansé à Vegas.

Il glissa vers la droite, fit un saut en croisant les jambes pour tourner sur lui-même, puis il toucha le sol en atterrissant en planche. Il fit quelques pompes au ralenti, les jambes écartées afin de montrer toutes les lignes musculaires de son dos, puis il ajouta des mouvements des hanches qui donnaient l'impression qu'il baisait...

Il la regarda droit dans les yeux. Brûlant. Pénétrant. *Baise-moi*.

— Moi, je le baiserais si j'étais célibataire, répondit la femme à côté d'elle.

Oh merde, Charlotte avait-elle dit 'baise-moi' à voix haute ?

Ty pivota sur le dos, assis, les mains sur le sol, les jambes écartées, puis il monta lentement une fois, deux fois, trois fois avant de sauter sur ses pieds. *Ma danse sexuelle personnelle*. Les femmes devenaient folles, l'encourageant et sifflant. Elle souhaita soudain être seule avec lui. Son regard de braise retournait toujours vers elle, l'ensorcelant. Il garda son jean, mais la façon dont il bougeait ses hanches ne laissait aucun doute sur sa façon de se comporter dans la chambre à coucher. La danse de Ty montrait ses meilleurs atouts : les épaules, le torse, les abdos, tout, en gros. Il était sacrément spectaculaire. Si la danse représentait ses préliminaires, elle était prête à y aller. La chanson se termina soudain et il finit...

Par un salto arrière !

Toute la salle poussa un cri de surprise avant d'applaudir avec enthousiasme. Charlotte ferma sa bouche ouverte. Oh mon Dieu. Elle n'arrivait pas à croire qu'il savait bouger de cette façon.

Ty sourit, fit un salut et trottina vers elle.

— Comment est-ce que je m'en suis sorti ?

— Merveilleusement bien ! s'exaltèrent les femmes.

— Charlotte ? l'encouragea Ty.

Elle observa la goutte de sueur qui glissait le long de son torse jusqu'à une flèche sombre menant à la bosse dans son jean. Elle s'humecta les lèvres, souhaitant tracer le contour de chaque ligne musclée de son corps avec sa langue.

Ty lui fit un baisemain.

— Nous avons eu notre verre, nous avons eu notre danse, que dirais-tu d'un dîner au coucher du soleil sur mon yacht ?

— Oui ! répondirent les femmes en chœur.

— Oh, Charlotte, tu dois le faire, dit une femme. Fais-le pour nous !

Elle regarda le visage chaleureux de Ty, toujours un peu stupéfaite de sa performance.

— Comment as-tu appris à danser de cette façon ?

Il se pencha vers elle, sa voix ronronnant à son oreille, lui donnant des frissons.

— J'ai un ami qui m'a amené faire un atelier avec le chorégraphe des films *Magic Mike*. Il voulait passer une audition pour le spectacle de Las Vegas. Le salto arrière, ça venait de moi. Ça t'a plu ?

Il recula pour la regarder et elle hocha automatiquement la tête. Son torse musclé et nu et ses épaules massives lui faisaient un effet qu'aucun homme ne lui avait fait depuis très longtemps. Un désir sauvage et douloureux mêlé à de la lave en fusion.

Il fallait qu'elle le touche. Elle posa la main sur son torse chaud.

Il couvrit sa main avec la sienne afin de la maintenir en place.

— Me ferais-tu l'honneur de faire un tour en bateau au coucher du soleil ? Je te ferai à manger. C'est un yacht magnifique…

— Oui, dit-elle doucement, complètement fascinée par son charme, son effort extraordinaire pour un rendez-vous et toute cette adorable sincérité.

Les femmes applaudirent. Elle laissa tomber sa main du superbe torse de Ty, revenant à elle pour s'adresser à leur public.

— Allez, Mesdames. Le spectacle est terminé.

Ty ramassa son T-shirt et l'enfila.

— Samedi. Je passe te prendre à seize heures trente.

Il l'embrassa rapidement sur la joue et il marcha vers la porte en bombant le torse.

Charlotte resta là pendant une bonne minute à le regarder partir. Puis elle s'anima, l'esprit embrumé, fermant la salle pour la nuit, n'arrivant toujours pas à croire ce qui venait de se produire.

Lorsqu'elle fut rentrée chez elle, elle s'était considérablement remise. Elle se rappela de ne pas trop se laisser ensorceler par son charme. Ce serait juste un rendez-vous sympa. Il vivait à Los Angeles ; elle vivait ici. Il n'y avait pas de réelle possibilité d'une relation.

En outre, il prendrait ses jambes à son cou s'il savait comment elle était vraiment.

3

Ty se gara devant la maison de style ranch de Charlotte dans une Mustang décapotable de 1966 rouge cerise qu'il avait empruntée à son meilleur ami et frère honoraire, Park. Il fallait que Ty mette le paquet avec Charlotte pour effacer la terrible première impression qu'il avait faite. Il attrapa le bouquet de fleurs jaunes lui rappelant la robe magnifique qu'elle avait portée la première fois qu'il l'avait vue. Il avait d'abord remarqué ses longues jambes, mais le reste était merveilleux aussi : ses longs cheveux brillants, sa peau lumineuse, ses gros seins, sa taille étroite, ses hanches arrondies, son beau cul. Et ça, ce n'était que son physique. Sa férocité et sa force l'excitaient, mais il avait aussi remarqué une douceur, peut-être une sorte de langueur, quand elle lui avait enfin accordé l'honneur d'un rendez-vous. Elle était intelligente, fidèle à ses amies, et sans doute encore beaucoup d'autres choses fabuleuses. C'était tout ce qu'il avait réussi à soutirer à Mad à son sujet avant qu'elle lui crie de passer du temps avec Charlotte et d'arrêter toutes ces questions.

Il se dirigea vers la porte d'entrée, énergisé par une

poussée inhabituelle d'adrénaline. En général, il ne s'inquiétait pas des premiers rendez-vous. Il poussa un soupir et appuya sur la sonnette. La porte s'ouvrit un instant plus tard et il vit Charlotte, ses longs cheveux attachés en queue de cheval, l'air jeune et mignonne. Elle portait un T-shirt ample couleur pêche avec une taille élastique au-dessus d'un pantalon blanc qui s'arrêtait à la moitié des mollets. Et le mieux : des sandales brun clair à talons hauts avec des lanières fines qui s'attachaient autour de ses chevilles. Sexy comme le vice. Son regard s'attarda sur les ongles couleur pêche de ses orteils et puis, se souvenant de ses manières, il la regarda dans ses yeux marron.

— Tu es magnifique. C'est pour toi, dit-il en lui tendant les fleurs.

— Merci, dit-elle doucement en regardant longuement les fleurs.

Elle fit un pas en arrière.

— Entre une minute pendant que je les mets dans un vase.

Il entra dans un salon avec un canapé en cuir noir, une table basse ronde en verre et un tapis rouge écarlate. Les murs étaient bleus comme le ciel, les fenêtres étaient encadrées de rideaux très blancs. Cela lui plut, ce n'était pas trop cucul, plutôt audacieux, comme elle. Il se balança sur ses pieds. Ils allaient s'amuser sur le yacht. Il l'avait emprunté à Will, un ami acteur que Ty avait rencontré sur un plateau de tournage plusieurs années auparavant. Le yacht de douze mètres valait un beau demi-million avec minibar, cuisine, salon à l'air conditionné avec une télé et des canapés moelleux, deux salles de bains et deux chambres. La chambre à coucher principale avait un mur de miroirs qu'il adorerait utiliser. Nu.

Il poussa un soupir, essayant de penser à autre chose

que son désir pour Charlotte. Il ne voulait surtout pas commencer la soirée en ayant une érection. Il révisa mentalement la leçon de navigation qu'il avait reçue le week-end dernier. Will l'avait observé pendant que Ty les conduisait sur la rivière Hudson pendant la fête. Les grandes eaux calmes ne furent pas difficiles. Ty avait conduit des hors-bord des tonnes de fois pour des cascades dans les films. Il avait juré sur sa vie de ramener le bateau en un seul morceau. *No problemo.* Ils ne prévoyaient qu'un petit trajet sur la rivière Harlem, près de l'endroit où elle était à quai à Manhattan. Puis il allait jeter l'ancre, préparer le dîner et avec un peu de chance, danser quelques slows et faire l'amour sur le pont inférieur. C'était le cours naturel des événements pour tous ses rendez-vous. Avec les regards de braise que Charlotte lui avait jetés après la danse de style Magic Mike, il était certain qu'elle serait d'accord.

Charlotte apparut dans le salon.

— Je suis prête.

— Super.

Il la suivit dehors. Elle ferma à clef, se tourna et retint son souffle.

— Elle est à toi ? demanda-t-elle en se dirigeant vers la voiture.

— Je l'ai empruntée à Park, dit-il en lui ouvrant la portière. Tu aimes les voitures classiques ?

— J'adore les Mustangs !

Elle se glissa à l'intérieur et il ferma la portière.

Lorsqu'il s'assit au volant, il se tourna vers elle.

— Tu veux que l'on ouvre le toit ?

C'était le premier week-end d'avril et il faisait plutôt chaud pour cette époque de l'année dans le Connecticut : 21 °C confortables.

— Oh oui ! dit-elle.

Il démarra la voiture et il fit descendre le toit. Charlotte étira les bras vers le ciel en levant le visage vers le soleil avec un sourire de bonheur. Elle fit redescendre ses bras et elle se tourna vers lui en souriant toujours. Il ne put pas respirer. Elle était déjà jolie, mais quand elle lui souriait de cette façon, elle était incroyablement belle. Il ressentit le besoin soudain de l'embrasser, mais elle bougea, pivotant vers l'avant.

— Allons-y, dit-elle joyeusement.

— C'est parti.

Il sortit de l'allée et il se dirigea vers la ville. Il lui demanda comment s'était passée sa journée avant de plonger tout droit dans les questions pour apprendre à la connaître. Il posait toujours beaucoup de questions, car les femmes adoraient parler.

— Alors, parle-moi de toi. As-tu grandi par ici ?

— J'ai grandi dans le New Jersey.

— Une fille de Jersey, alors ? J'ai entendu dire qu'elles sont déchaînées.

— Où as-tu entendu ça ?

— De la part d'une autre fille de Jersey. J'ai été obligé de la croire quand elle a dansé les seins à l'air sur le bar.

— Ah bon.

Il sentit l'ambiance se refroidir considérablement.

— Je plaisante.

En réalité, c'était bien arrivé, mais il n'aurait pas dû parler d'une autre femme.

— Revenons-en à toi. Comment en es-tu venue à l'entraînement personnel ?

— J'ai travaillé avec une très bonne entraîneuse. Elle m'a inspiré. Et toi, pourquoi as-tu commencé par ça ?

— J'étais tout le temps fourré à la salle de sport et ils

ont proposé de m'embaucher. C'était à l'époque où ils laissaient les hommes entrer dans cet endroit. Ça me plaisait, mais j'étais trop agité pour rester enfermé dans une routine. Un des types que j'entraînais était un cascadeur à la retraite et il m'a donné des contacts à Los Angeles. Je ne le regrette pas. J'adore.

— Est-ce vraiment dangereux ?

Elle semblait réellement inquiète.

Il s'arrêta à un feu et il la regarda dans les yeux.

— Il y a une part de danger, oui. Mais je travaille avec un groupe de cascadeurs et de cascadeuses bien entraînés. Et puis, je suis comme un chat. Neuf vies.

— Combien en as-tu dépensé ?

— Probablement huit.

Il rit. Il l'avait échappé belle quelques fois, avait eu un ou deux os cassés, mais il s'en était toujours sorti.

— Quel genre de cascades fais-tu ?

— Plein de choses différentes. C'est ce qui me plaît. Je ne m'ennuie jamais. Je fais des choses à moto comme des sauts, des dérapages, des descentes d'escalier.

— Ça doit être mouvementé.

— Oui, c'est dur. Et puis, tu sais, les courses de voitures, sauter par les fenêtres, faire du rappel sur des immeubles, de temps en temps une séquence de combat s'ils ne veulent pas risquer que l'acteur se blesse. Je suis ceinture noire. En fait, ce sont les scènes de combat qui me plaisent le plus. Du pur plaisir.

— On dirait ta sœur. Mad adore le combat.

Il leva la tête, vit que le feu était vert et appuya sur l'accélérateur.

— C'est moi qui l'ai fait entrer dans mon dojo. J'ai déjà fait des combats avec elle. Elle est douée pour sa taille.

— Oui, elle nous a appris des mouvements d'auto-défense.

— Bien, tout le monde devrait savoir faire ça.

Elle fut silencieuse et lorsqu'il la regarda, il s'aperçut qu'elle le fixait avec un petit sourire.

— Quoi ? demanda-t-il.

— Je n'arrive toujours pas à croire à ta danse l'autre jour ! C'était incroyable.

Il rit.

— Tu veux une deuxième représentation ?

— Carrément ! J'aimerais revoir ça.

— Aucun problème. Et toi, que fais-tu pendant tes loisirs ? As-tu des passe-temps ?

Il ouvrait la voie vers ce qu'il voulait vraiment savoir : son passé amoureux. Certaines femmes étaient aigries, fermées et il ne tentait alors même pas une relation. Il ne savait pas tout à fait où elle se situait sur cette échelle. Parfois elle semblait freiner brutalement en le gardant à distance et puis d'autres fois, comme en ce moment, elle était chaleureuse et ouverte.

Il jeta un coup d'œil vers elle. Elle parlait avec enthousiasme de nutrition et de fitness, agitant les mains en parlant. Elle était vraiment énergique.

Mais une fois qu'ils changèrent de sujet de conversation, elle resta étonnamment muette, lui retournant fréquemment la question ou changeant de sujet. Il eut le sentiment inconfortable qu'elle cachait quelque chose. Ou peut-être était-elle simplement quelqu'un de très réservé.

Quoi qu'il en soit, il avait très envie d'en savoir plus au sujet de la mystérieuse Charlotte Vega.

Charlotte fut surprise de la facilité avec laquelle elle bavardait avec Ty en roulant vers les quais. Quand il ne jouait pas à ses petits jeux, il était chaleureux et aimable. Elle ne pouvait même pas lui reprocher la remarque arrogante occasionnelle, car l'étincelle dans le regard lui indiquait qu'il plaisantait. Contrairement à la plupart des hommes, il resta concentré sur elle, lui posant plein de questions auxquelles elle répondit aussi sincèrement qu'elle le pouvait sans trop en révéler. Aucune raison de lui faire peur avant même que le rendez-vous commence. De toute façon, elle n'était pas du genre à se dévoiler aux hommes ou aux femmes, elle avait l'habitude de garder ses problèmes pour elle-même. Ty parut se contenter de ses réponses évasives, n'insistant jamais.

— Tu es terriblement silencieuse tout d'un coup, dit Ty. Trop de questions ?

— Non, c'est agréable de voir que tu t'y intéresses.

— Quelque chose que tu aimerais me demander ?

— Je me posais une question.

Cela la rongeait depuis un moment. Plus tôt dans l'année, lorsque Mad, la petite sœur de Ty, et Park s'étaient enfin mis ensemble, Ty était intervenu et il avait dit à Park de la laisser tranquille. Mad était une amie proche de Charlotte au club de lecture et elle avait été outrée pour son amie.

— Je t'en prie, dit-il.

— Pourquoi t'es-tu interposé entre Mad et Park ? Tout le monde a vu à quel point elle est amoureuse de lui.

— C'était mon rôle de grand frère.

— Est-ce ton rôle de refuser le véritable amour à ta sœur ?

— Je la protégeais, dit-il simplement. Park n'était pas sérieux alors qu'elle l'était.

— Elle a été très blessée quand il s'est éloigné.

Il prit la sortie vers le centre-ville.

— Oui, mais elle aurait davantage souffert s'il s'était amusé avec elle avant de la laisser tomber. Je l'ai tué dans l'œuf et Park devait faire des efforts s'il voulait vraiment Mad. C'est ce qu'il a fait, il lui a demandé de l'épouser, elle est heureuse, alors je suis heureux.

— Et s'il ne l'avait pas fait ?

— Alors je l'aurais sauvée d'un gros chagrin d'amour.

— Ou tu aurais pu détruire toute chance de bonheur.

L'amour était une chose si fragile et délicate, pensait toujours Charlotte. Il fallait faire très attention sinon *bam !* Tout pouvait vous exploser au visage.

Il la regarda.

— Écoute, j'aime Park comme un frère, depuis très longtemps, mais cela ne veut pas dire que je le laisserais, lui ou quelqu'un d'autre, faire du mal à Mad. Tu ne sais pas à quel point elle a été mal quand il est parti pour l'Air Force. Elle a été tellement perturbée qu'elle s'est attiré plein d'ennuis à l'école et à la maison. La Mad que tu connais aujourd'hui va beaucoup mieux. Je n'allais pas la laisser tomber au fond du trou encore une fois.

Elle resta silencieuse en songeant à tout cela. Elle ne connaissait pas Mad à cette époque-là, cela ne faisait que deux ans depuis le club de lecture. Mad était forte, intelligente et n'avait peur de rien, mais Charlotte voyait bien comment elle était aussi une de ces âmes secrètement sensibles.

Ty poursuivit.

— Il y a quelque chose que tu dois comprendre au sujet de Mad, et de moi aussi, je suppose. Les sentiments perturbés se transforment rapidement en colère. C'est pour cela que je l'ai fait entrer dans mon dojo. Si tu contrôles cette énergie, elle peut être une force bénéfique. Elle a aidé beaucoup de gens à mieux se comporter grâce à ces combats agressifs.

— Quel philosophe !

Il gloussa.

— Tout ça semble plus raisonnable quand tu l'expliques de cette façon. De l'extérieur, on aurait juste dit que tu te mêlais de ce qui ne te regardait pas.

— Charlotte, tu me blesses.

Il sourit et son sourire illumina son visage.

— J'ai *toujours* de bonnes intentions. Que cela sorte de la bonne façon ou pas, c'est une autre histoire.

— C'est bon à savoir.

Lorsqu'ils arrivèrent au quai, Charlotte regarda avec admiration le magnifique yacht blanc avec une zone ouverte tout en haut pour le diriger et une cabine fermée au niveau principal avec des ponts attenants à l'avant et à l'arrière, et puis au niveau inférieur, une série de hublots, sans doute pour les chambres. Quel bateau de fête fantastique !

— Il est à toi ? s'exclama-t-elle. Le travail de cascadeur doit mieux payer que je ne le croyais.

Il bomba le torse en admirant le bateau.

— Ça paie bien, mais je l'ai emprunté à mon ami Will. Viens, allons-y.

Emprunté ? Elle le suivit de près.

— Attends, sais-tu au moins le conduire ?

Il rit et déverrouilla le portail menant à l'espèce de planche.

— On ne *conduit* pas un bateau. On le dirige. Et oui, je sais le diriger. Ne t'inquiète pas, je manie des tonnes de véhicules au travail, y compris des hors-bord.

Il monta à bord et elle le suivit en fixant la petite

glacière qu'il portait. Son estomac se mit à gargouiller. Elle avait travaillé aujourd'hui et elle n'avait pas eu le temps de faire des courses, alors elle avait gardé son appétit pour le dîner de la croisière en bateau.

— Que mangeons-nous pour le dîner ? demanda-t-elle.

— C'est une surprise.

Il indiqua l'avant du bateau, où étaient installées deux chaises longues.

— Va te détendre sur le pont pendant que je range la nourriture.

Il entra dans la cabine où elle devina que se trouvait la cuisine. Elle regarda par les fenêtres en marchant vers le pont, voyant un salon avec un grand canapé d'un côté et une causeuse de l'autre, ainsi qu'une cuisine. Cool !

Elle ajusta l'une des chaises en remontant le dossier et elle s'assit, prête à profiter de la vue de la rivière avec les ponts et les bâtiments au loin. Cela allait être merveilleux. Elle frissonna. Il faisait déjà frais. Elle aurait dû prendre une veste. Ty n'en portait pas non plus. Comme elle, il était habillé pour le printemps, avec un T-shirt et un jean. Avec un peu de chance, ils allaient passer la majorité du temps dans le salon fermé.

Elle regarda autour d'elle. Ty détachait le bateau du quai. Elle attendit de voir où il allait et elle le vit émerger quelques minutes plus tard tout en haut, dans la zone centrale de contrôle du bateau. Elle le suivit rapidement, impatiente de découvrir comment fonctionnaient toutes les commandes.

— Salut, Capitaine, dit-elle.

Il se tourna avec un sourire et elle lui fit un salut militaire.

— Salut, beauté. Au repos.

Elle rit et elle le rejoignit devant le tableau de bord ou

le panneau de contrôle, ou quel que soit son nom. Elle n'avait aucune connaissance nautique. Elle était montée une seule fois à bord d'un bateau : c'était le ferry plein de touristes qui partait du New Jersey jusqu'à la Statue de la Liberté. Ceci était bien plus classe.

Ty appuya sur quelques boutons, consulta une carte, puis s'écarta lentement du quai. Elle regarda son téléphone. Dix-huit heures. Le coucher du soleil se produirait sans doute autour de dix-neuf heures trente, puis elle supposait qu'ils feraient demi-tour. Il avait promis une croisière au coucher de soleil. Cela n'aurait rien de très amusant d'être sur la rivière la nuit. Il ferait froid et sombre.

Elle croisa les bras, en les frottant pour se réchauffer.

— Il commence déjà à faire froid.

Ty rit, l'air à l'aise à la barre.

— Il ne fait pas froid. C'est rafraîchissant.

Il tira sur sa queue de cheval.

— Un peu de cran, voyons !

— Tu as plus de masse corporelle pour te garder au chaud, répliqua-t-elle.

Il l'attrapa autour de la taille et il l'attira devant lui pendant qu'il dirigeait, les bras autour d'elle sur le gouvernail. Il faisait certainement plus chaud, peut-être un peu trop chaud. Sa chaleur dans le dos, les bras forts autour d'elle, entourée d'une odeur boisée de sexe en plein air.

Elle essaya un ton nonchalant.

— Alors, où nous dirigeons-nous pour cette croisière au coucher de soleil, Capitaine ?

Il baissa la tête près de son oreille, parlant d'une voix grave qui la fit délicieusement frissonner.

— Je me suis dit que nous allions descendre un peu la rivière et nous arrêter quelque part pour cuire le repas.

— Veux-tu de l'aide ?

Il se redressa.

— Non, tout est sous contrôle.

Elle le crut et elle se détendit, heureuse de laisser quelqu'un d'autre faire tout le travail.

— Merveilleux.

Elle profita de la vue pendant qu'ils avançaient, passant quelques petits bateaux en chemin. Son estomac se mit à gargouiller bruyamment.

— Tu as faim ? demanda-t-il.

Elle posa la main sur son ventre en riant.

— Oui. Normalement, je mange une barre de protéines dans l'après-midi, mais je n'en ai plus et je n'ai pas eu le temps de faire les courses. Je souffre d'hypoglycémie, alors mon taux de glycémie est trop faible. Tant que je mange dans l'heure qui vient, ça ira.

— Que se passe-t-il si ce n'est pas le cas ?

— Parfois, je tremble un peu, mais en général je deviens juste très irritable.

— Oh la la, on ne veut pas d'une femme affamée à bord.

Il s'écarta pour consulter la carte, fronçant les sourcils de concentration.

Elle attrapa le gouvernail.

— Faut-il que je dirige pendant que tu regardes la carte ?

— Tu peux, dit-il distraitement.

Oh, c'était cool. Conduire au milieu de la rivière. Ou naviguer. Quel que soit le verbe.

Ty étudia la carte pendant très longtemps avant de se tourner vers elle.

— Je crois qu'il y a une crique juste après où nous pourrons jeter l'ancre pendant que je cuisine.

— Cool.

Il reprit sa place au gouvernail, la gardant au chaud dans le cercle de ses bras. Ils naviguèrent pendant une bonne demi-heure avant d'atteindre la crique. Ce n'était pas tout à fait 'juste après' comme l'avait dit Ty. Il la fit passer sur le côté, lui disant qu'il devait se concentrer sur la navigation.

Ty dirigea le yacht dans la crique, puis il tourna le gouvernail, les déplaçant de façon à tourner le dos à la rive. Ils n'avaient pas fait un demi-tour complet quand le bateau se mit à faire des grincements étranges.

— Merde, dit-il.

— Que se passe-t-il ?

Il continua à essayer de manœuvrer le bateau, poussant le moteur, mais le son empira, puis ils s'arrêtèrent net.

— Putain.

— Quoi ?

— Nous sommes coincés. Ça ne répond plus.

Il s'avança au bord du bateau et regarda en bas.

— Il vaut mieux que je descende.

Elle le suivit dans l'escalier et ils regardèrent tous les deux par-dessus le bastingage. La 'crique' ressemblait davantage à un marais et ils semblaient coincés dans la boue. Et la puanteur, oh mon Dieu. Un mélange d'ordures, d'égouts et de plantes pourries. Elle se mit à respirer par la bouche.

Ty couvrit son nez et sa bouche avec son bras, respirant à travers le tissu de sa manche.

— Appuie fort sur l'accélérateur et sors-nous d'ici, dit-elle.

Il hocha la tête et il remonta au poste de commande.

Elle le suivit, ne voulant pas rester près de la puanteur. Ty essaya tous les angles, mais en vain. Il n'y eut que d'horribles bruits de grincement.

Il la regarda d'un air horrifié.

— Je ne peux pas tuer le moteur. Ce yacht vaut plus que tout ce que je peux rembourser. Un demi-million.

— Utilise simplement tes capacités de capitaine pour nous sortir d'ici ! s'exclama-t-elle.

Elle commençait à paniquer. Elle ne pouvait *pas* rester coincée sur ce bateau pendant des heures avec l'homme qui suintait le sexe et le charme et une sincérité à vous faire fondre. Peut-être seraient-ils coincés toute la nuit !

Ils allaient devoir utiliser leur chaleur corporelle, pensa-t-elle sombrement. Elle était baisée. Ce n'était absolument pas le bon moment dans sa vie pour se faire baiser d'une façon ou d'une autre. Elle posa les doigts sur ses tempes. Cette tournure était cochonne. C'était l'effet de Ty. Elle avait des décisions sérieuses à prendre pour son avenir et Ty ne pouvait absolument pas en faire partie.

Elle fit les cent pas, se sentant déjà piégée. C'était censé être un seul rendez-vous sympa ! Juste le dîner, peut-être un baiser de bonne nuit. Elle voulait s'amuser légèrement avec Ty selon ses propres conditions. Ceci n'avait rien à voir avec ses conditions !

Elle arrêta de faire les cent pas et elle observa Ty, qui avait les yeux rivés sur le panneau de contrôle.

— Fais quelque chose !

Il marmonna un mot qui ressemblait à 'carte'.

— Qu'est-ce que tu dis ?

Il parla plus fort.

— J'ai dû mal lire la carte. Ou bien ils utilisent ces étranges cartes nautiques.

— N'est-ce pas le cas de tous ceux qui conduisent un bateau ? cria-t-elle.

Elle eut envie de gifler Ty pour l'avoir mise dans cette situation. Il n'avait pas le droit de partir en bateau s'il ne savait pas ce qu'il faisait.

Il fit un geste avec les paumes vers le bas signifiant 'calmons-nous un peu'.

— Ça va. Je vais juste… ça ira, tout ira bien. Reste calme. Réfléchissons.

— Je ne vais pas passer la nuit sur ce bateau avec toi.

— Ceci n'est pas un problème. Va te détendre sur une chaise longue pendant que je réfléchis.

Elle lui jeta un regard noir en croisant les bras sur sa poitrine.

— Je n'arrive pas à croire que tu m'aies invité à bord d'un bateau emprunté que tu ne sais même pas conduire.

Il parla alors en grinçant des dents :

— Je ne le conduis pas, je le dirige. Et ce n'est pas une erreur de navigation.

— C'est une erreur de navigation. Sinon, nous ne serions pas coincés dans ce marais.

Il passa une main dans ses cheveux.

— C'est juste que je ne suis pas habitué aux cartes nautiques.

Grr... c'était pareil. Ils étaient coincés.

Elle regarda Ty essayer de les faire passer en marche avant, en marche arrière, sur les côtés, tout semblait empirer la situation. Le bateau s'enfonça plus profondément dans la boue et le moteur donnait l'impression qu'il allait lâcher et mourir.

— Stop ! cria-t-elle enfin. Tu ne fais que nous enfoncer. Appelle les garde-côtes.

Il s'arrêta.

— Bonne idée. Voyons voir.

Il sortit son téléphone portable de la poche de son jean.

— C'est le 911, ou bien ont-ils un numéro spécial ?

Elle regarda autour d'elle et elle aperçut une radio installée au-dessus de leurs têtes. Elle la descendit.

— Je crois que tu es censé parler là-dedans.

— Oh, il y a un bouton détresse. C'est pratique. Je vais appuyer dessus.

Il appuya sur le bouton et il attendit. Il ne se passa rien. Il appuya longuement, relâcha, et l'engin émit un bip. Il se tourna vers elle.

— Ils savent sans doute déjà où nous sommes grâce au GPS.

— Pourquoi n'as-tu pas utilisé le GPS pour naviguer ?

— Le trajet avait l'air assez simple, répondit-il.

Elle ravala une remarque sarcastique. Bien sûr, Ty, toujours sûr de lui, allait supposer qu'il pouvait tout gérer. Il fallait qu'elle reste calme. Le sarcasme n'allait pas les aider à sortir de cette situation. Ils devaient travailler ensemble.

— Crois-tu que la radio est reliée au GPS ? demanda Ty.

— Aucune idée. Je n'y connais rien en bateaux.

Il fixa la radio comme si elle pouvait avoir la réponse. Il appuya une troisième fois sur le bouton en disant :

— Mayday, Mayday, nous sommes coincés dans la vase…

Il marqua une pause et il la regarda comme si elle savait peut-être quoi dire, car lui ne le savait pas du tout.

—…, à vous.

Ils entendirent des grésillements, puis un homme répondit en demandant leur localisation. Ty regarda autour de lui.

— C'est la crique sur la rivière Harlem.

Le type demanda les coordonnées de latitude et longitude. Ty étudia longuement la carte avant de dire :

— On dirait qu'on est à l'est ? C'est à droite sur la carte, c'est sûr. Peut-être à un pouce d'une zone verte. Je crois que c'est un parc.

Charlotte perdit tout espoir d'un sauvetage.

4

Charlotte sortit sur le pont et fit le tour du bateau. Oh, ils étaient bien enfoncés, entourés de tous côtés par de la boue. Ils étaient foutus. Comment avait-il fait pour avancer aussi loin dans le marécage ? Ils n'étaient pas non plus très près de la rive.

— On dirait que vous êtes coincés ! cria quelqu'un.

Elle regarda en direction du parc où ils avaient attiré une foule de curieux. Plein de gens faisant des barbecues et des pique-niques.

— Ouais, on est coincés ! cria-t-elle à son tour. Nous avons appelé les garde-côtes !

— Bon courage, dit un homme.

D'autres gens se rassemblèrent, pointant du doigt et parlant d'eux.

Elle se détourna, se disant que tout irait bien. Même si Ty ne savait pas où ils étaient sur une carte nautique, ils étaient assez près de la rive pour que les gens puissent les aider. Peut-être feraient-ils venir une barque ou un hélicoptère ou autre. Non, un hélicoptère ne marcherait pas.

Enfin, il fallait que *quelque chose* fonctionne, car il était hors de question qu'elle passe la nuit avec Ty sur ce bateau.

Elle se rendit soudain compte que le bateau était silencieux. Le moteur était coupé. Elle retourna au poste de commande pour découvrir pourquoi.

— Tu as coupé le moteur ou il s'est arrêté tout seul ?

Ty grimaça.

— Le type à la radio a dit que je devais le couper, alors… euh, c'est ce que j'ai fait. Et…

— Quoi ? demanda-t-elle, redoutant déjà ce qu'il allait dire.

— Il se trouve que les garde-côtes ne vont pas nous aider.

— Ils ne vont pas nous aider, répéta-t-elle.

Il secoua lentement la tête.

— Nous ne sommes pas une urgence. On ne coule pas, il n'y a pas de feu, pas de blessés. Ils ont dit d'attendre la marée haute. Les flics locaux vont nous envoyer quelqu'un pour nous aider au moment de la marée.

Il jeta un coup d'œil à la foule de personnes curieuses dans le parc.

— C'est un peu embarrassant, n'est-ce pas ?

— Ce sera beaucoup moins embarrassant si nous arrivons à sortir d'ici. Quand aura lieu la marée haute ?

— Leur estimation est d'environ minuit quinze.

— Cette nuit ? Nous sommes coincés là pendant six heures ?

Il se frotta la nuque.

— Oui, et puis le sauvetage prendra un moment. Ils doivent ramer jusqu'à nous et un expert va nous manœuvrer hors de là, alo-o-ors, oui. Désolé.

— Désolé, répéta-t-elle bêtement.

Il tira sur sa queue de cheval.

— Hé, ça ne sera pas si terrible. Nous pouvons trouver quelque chose à faire, n'est-ce pas ? Juste toi et moi, coincés là.

Il agita les sourcils d'un air entendu.

Charlotte l'ignora, souhaitant désespérément trouver une meilleure solution.

— Pourquoi n'utiliserais-tu pas tes capacités de cascadeur pour sauter du bateau, patauger dans la vase et nous sauver ?

— Ma belle, je sais que je suis solide, mais même moi je ne peux pas pousser un yacht hors de la boue.

— Alors tu peux…

Elle agita les bras.

— Tu peux patauger jusqu'à la rive, trouver un bateau à rames et me sauver.

— T'es sérieuse ?

— J'ai l'air de m'amuser ? cria-t-elle.

Il souffla.

— Très bien.

Il descendit au pont inférieur et elle le suivit, espérant qu'il règle la situation grâce à ses talents de cascadeur. Elle examina la boue et vit des poissons morts qui pourrissaient et quelques canettes de bière.

Ty se pencha au-dessus du bastingage, puis il fit le tour, inspectant la vase comme elle l'avait fait plus tôt. Il réapparut à ses côtés.

— Ça doit être profond. Tu veux vraiment que je saute là-dedans ?

— Oui, vraiment, assura-t-elle.

Il lui tint le menton avec un regard chaleureux et tendre.

— J'adorerais jouer les héros pour toi.

Elle retint sa respiration, surprise par sa gentillesse inattendue.

Il laissa tomber sa main et il retourna vers la boue.

— Laisse-moi la tester d'abord. Il ne faut jamais sauter dans une situation risquée sans connaître tous les paramètres.

— Mmh mmh.

Il regarda autour de lui et il trouva une longue perche avec un crochet attaché sur le bord du bateau. Il la fit passer par-dessus le bastingage et la plongea dans la boue. Elle la regarda s'enfoncer profondément, puis la boue sembla l'aspirer plus loin.

— Putain, c'est comme des sables mouvants, dit-il en forçant pour récupérer la perche. Si jamais je suis attiré au fond, il n'y aura pas moyen de me sauver, et toi non plus.

Et merde.

Il lutta avec la perche et finit par la libérer. La boue éclaboussa Ty, le pont et le côté du bateau. Elle sauta en arrière juste à temps.

Il se regarda avant de lever les yeux vers elle. Il grimaça.

— Il faut que je me change.

Elle agita la main devant le nez.

— Tu as besoin d'une douche.

Il partit de l'autre côté du bateau et elle le suivit automatiquement.

— Je ne veux pas salir leur belle salle de bains, dit-il avant de retirer son T-shirt, ses muscles ondulant à son geste.

Un corps exquis enveloppé de bacon. Waouh, elle devait vraiment avoir faim si elle fantasmait à l'idée de Ty entouré de bacon. Elle perdait des neurones rien qu'à le regarder. Sa définition musculaire était spectaculaire : de grandes épaules arrondies, des biceps gonflés couverts de tatouages tribaux, des pectoraux et des abdos très nets devenant plus fins au niveau de sa taille étroite. Il enleva ses tennis.

— Attends ! lâcha-t-elle en essayant un peu tard de se préserver. Et si la douche ne fonctionne pas sans le moteur ?

— Elle fonctionnera un court instant.

Il retira ses chaussettes, puis son jean. Elle aperçut brièvement un boxer rouge écarlate avec une bosse impressionnante et des jambes très musclées avant de détourner les yeux. Ty continua à parler.

— La femme de Will ne voulait pas passer la nuit sur le bateau avec les enfants avant d'être certaine que la douche fonctionne. Je descends. Peux-tu chercher un peignoir pour moi dans la chambre à coucher ?

Elle répondit sans se retourner.

— Bien sûr. Je te donnerai quelques minutes pour t'installer.

— Les escaliers se trouvent à côté de la cuisine.

Elle entendit la porte de la cabine s'ouvrir et se refermer et elle patienta sur le pont. Elle jeta un coup d'œil aux vêtements boueux et elle vit le boxer rouge sur le dessus. D'acco-o-ord, la vase avait dû traverser les vêtements de façon à le gêner, donc… Il avait tout enlevé. Elle attendit d'être sûre qu'il se trouve dans la douche et elle entra dans la cabine. Heureusement, il faisait un peu plus chaud dans la cabine qu'à l'extérieur. Elle traversa le salon et descendit un escalier en colimaçon. Pourquoi Ty avait-il demandé un peignoir ? Il fallait qu'il porte des vêtements, car plus il était couvert, mieux c'était. Ses réserves de volonté risquaient de faiblir à mesure que le temps passait. Pourquoi empirer la situation ?

Elle trouva une chambre avec quelques tenues de petite fille et passa rapidement dans la chambre à coucher principale. Oui ! Elle trouva un short, un boxer, un polo et un gilet masculins. Elle s'arrêta pour vérifier la taille, car les vêtements lui semblèrent un peu petits. Taille moyenne. C'était pour cela que Ty avait dû demander un peignoir. Il savait qu'il ne passerait pas dans les habits de son ami. Elle posa tout sur la commode et elle enfila le gilet vert olive qu'elle boutonna. Ooh. C'était doux comme du cachemire. À vrai dire, elle se trouvait sur un yacht, donc c'était sûrement du cachemire. Elle continua à fouiller dans les tiroirs et le placard, espérant couvrir Ty. Elle trouva un peignoir en soie noire qu'elle posa sur son épaule. Cela allait devoir faire l'affaire. Elle examina le boxer en se demandant s'il y rentrerait, car il était assez lâche avec une ceinture élastique.

— Pas moyen que je porte le boxer de quelqu'un d'autre, tonna Ty.

Elle sursauta et pivota pour lui faire face à l'endroit où il se tenait maintenant dans la chambre, ne portant qu'une serviette blanche autour de la taille. Bon sang, ce type était sculpté dans du marbre. Mieux que tout homme qu'elle a pu voir dans la vraie vie. Seules deux cicatrices marquaient sa peau bronzée, une sur l'avant-bras, l'autre sur une côte. Même ça, c'était sexy : c'était un dur au corps glorieusement sculpté. Il se dirigea tout droit vers elle, un aphrodisiaque ambulant. Elle resta parfaitement immobile, toute pensée rationnelle la quittant lorsqu'il se rapprocha. Il semblait si beau maintenant, frais et propre, les cheveux sombres brossés en arrière. Bien sûr, cela ne faisait que mettre en valeur ses pommettes biseautées et sa mâchoire à la barbe de trois jours. Ses lèvres ébauchèrent un sourire en coin. Elle venait de se faire prendre !

Elle détourna le regard, elle brûlait de désir, pas la peine de le nier. Ty était la définition même de la beauté masculine : solide, puissant, large *partout. Mmh, oui.*

Non !

Elle courait au désastre.

Elle prit le peignoir de son épaule.

— Merci.

— Oui, j'ai trouvé un peignoir, dit-elle inutilement en regardant le plafond.

Allez, cerveau, reviens à bord ! Elle remit les boxers dans le tiroir.

— J'ai remarqué.

Elle entendit le sourire dans sa voix, mais elle ne pouvait pas se faire assez confiance pour jeter un autre coup d'œil à sa perfection.

— On se rejoint en haut, marmonna-t-elle en partant.

Elle fit un petit tour de l'espace salon / cuisine, inspirant lentement pour se calmer. Ooh, une télé à écran plat juste en face du canapé beige moelleux. Puis elle se souvint qu'ils n'avaient pas d'électricité. Elle regarda la cuisine maintenant inutile, avec son frigo, micro-ondes et cuisinière. Ils n'avaient aucun moyen de cuisiner. Elle regarda son téléphone. Il était dix-neuf heures passées.

Ty apparut dans son peignoir en soie, ses épaules étirant le tissu. Il avait cependant réussi à le fermer avec la ceinture. Le peignoir s'arrêtait en haut des cuisses. La serviette blanche dépassait au-dessous. Un peu comme un kilt en tissu éponge. Elle déglutit. Elle avait vraiment un faible pour les hommes en kilt. Non pas qu'elle en avait déjà vu dans la vraie vie, seulement dans les romans à l'eau de rose. Ici, c'était davantage un sultan vêtu de soie avec des airs de toge grecque et de kilt écossais…

Ty interrompit ses pensées éparpillées.

— Le peignoir devrait aller tant que je ne m'étire pas et que je ne bouge pas trop. Voyons voir ce que nous pouvons faire pour le dîner.

Elle se réjouit, ravie de se concentrer sur la nourriture, et le rejoignit dans la cuisine. Il ouvrit le frigo qui était vide mis à part la glacière que Ty avait apportée. Il attrapa la glacière et l'ouvrit afin de lui montrer le contenu : une boîte de sauce pour les pâtes et un carton de spaghettis crus.

— Je suppose que je ne peux pas cuire les spaghettis, dit-il, mais nous pourrions manger la sauce froide.

Elle attrapa la boîte de sauce et tapota le couvercle givré.

— C'est gelé.

Il avait laissé le pack de glace dans la glacière.

— Des glaces à la sauce ? demanda-t-il avec un sourire.

— Bien sûr, j'ai hâte de lécher un cube de sauce chacun notre tour, dit-elle sèchement.

— J'adorerais te regarder lécher mon cube.

Elle le fixa des yeux, pas amusée.

— Ce n'est pas vraiment cubique, gloussa-t-il. Ça ressemble à…

Il s'arrêta et il se racla la gorge.

— Enfin, la sauce est bonne. C'est la femme de Will qui l'a faite.

Il lui prit la boîte des mains et la tapota à plusieurs endroits, sans doute pour voir si tout était vraiment glacé. Il posa le récipient sur le comptoir.

— Ça va fondre assez vite, non ?

— Je ne sais pas.

Le début d'un mal de tête d'hypoglycémie raviva tout à coup la réalité de l'absence de nourriture et d'électricité dans un marais froid. Un sombre nuage d'irritation s'installa au-dessus de sa tête. C'était probablement le pire premier rendez-vous qu'elle avait jamais eu et elle avait vécu beaucoup de rendez-vous cauchemardesques. Il y en avait même un qui avait pris sa mère avec lui pour l'interroger – il lui avait fait savoir plus tard qu'elle n'avait pas obtenu l'approbation de la mère.

Reste positive. Commençons par le début. Trouver quelque chose à manger. Une fois qu'elle aurait mangé, elle aurait certainement la force de supporter le reste.

— Fouille dans les placards, dit-elle.

— D'accord, dit-il d'un ton bien trop joyeux. Voyons voir ce que nous pourrons trouver.

Elle se mit au travail. Vide, vide, des plats, des sachets de ketchup et de moutarde, et, dans un placard tout en haut, un petit sac plastique contenant un sachet de bonbons ouvert. Son médecin lui avait dit de ne pas manger de sucre, car cela empirait son hypoglycémie. Elle se sentait beaucoup mieux depuis qu'elle s'était débarrassée de ses habitudes liées au sucre, elle avait plus d'énergie, moins de sautes d'humeur, pas de maux de tête.

Ty apparut à côté d'elle.

— Ah oui. Ces bonbons devaient être pour l'enfant de Will à Pâques, mais il n'a pas réussi à résister et il en a mangé quelques-uns. Bien sûr, il ne pouvait pas ramener un sachet ouvert sans admettre sa culpabilité, alors il l'a caché dans le placard du haut.

En voyant son silence, il ajouta :

— Ne t'inquiète pas. Il a acheté un nouveau sachet pour sa fille.

— As-tu trouvé quelque chose ? demanda-t-elle en rangeant les bonbons.

— Non. Nous avons à peu près tout vidé le week-end dernier, à la fête.

Elle s'en voulut de ne pas avoir préparé d'en-cas dans son sac. Elle avait été pressée aujourd'hui après le travail et puis elle s'était préparée pour le rendez-vous boueux. *Arg !* Elle sentait le taux de sucre dans son sang chuter, la rendant faible et fatiguée. Son mal de tête empirait, lui aussi. Elle détestait se sentir ainsi.

Elle retourna au canapé où elle avait laissé son grand sac, espérant trouver quelque chose dans ses profondeurs. Elle ne voulait vraiment pas avoir la tremblote. C'était le pire. Elle fouilla à la recherche d'une barre de céréales à moitié mangée ou quelques amandes. Rien.

Merde, merde, merde.

Elle le maudit de l'avoir mise dans cette situation et elle se maudit de ne pas avoir été mieux préparée. Cela ne serait jamais arrivé si elle n'avait pas craqué pour les mouvements sexy de sa danse de strip-teaser. Elle n'aurait pas dû se faire avoir. Après tout, il suffisait de voir ce qui était arrivé à sa mère.

5
____

Ty chercha partout, dans tous les coins, quelque chose pour nourrir Charlotte. Elle était affalée sur le canapé, les bras croisés sur son ventre qui grognait, les lèvres serrées. Affamée au point d'être en colère, mais toujours terriblement sexy, même dans le gilet de Will. C'était peut-être le pire rendez-vous galant auquel il avait invité quelqu'un. Tout avait commencé de façon si prometteuse ; il avait été certain de compenser la terrible première impression qu'il avait faite. Au moins, l'odeur du marais ne parvenait pas à l'intérieur de la cabine. Peut-être juste une légère trace. Il attrapa les bonbons, bien décidé à lui en faire manger. L'attente allait être très longue, coincé sur ce bateau avec une femme affamée.

Il se laissa tomber sur le canapé à côté d'elle.

— Que penses-tu d'un strip-bonbon ? On retire un vêtement au choix de l'autre personne pour chaque bonbon.

Elle fit un grognement étrange du fond de la gorge et il changea vite de tactique.

— Ou alors, tu pourrais juste en manger un.

Il attrapa un bonbon rouge et le lui tendit.

Elle ne le prit pas.

— Mon médecin m'a dit d'éviter le sucre. Il perturbe trop ma glycémie.

— Tu es diabétique ?

— Non. Le contraire. Hypoglycémie.

— Ah oui. Tu en as parlé plus tôt. Est-ce que ça risque de te tuer ?

— Non.

— Te causer des dégâts permanents ?

— Non, mais je sais que ça va perturber mon niveau de sucre et puis je me mettrai à trembler à cause de la chute du sucre dans le sang.

— Nous te donnerons des infusions de sucre régulières. Il s'agit de circonstances atténuantes.

Lorsqu'elle ne répondit pas, il essaya une autre tactique.

— Que dirais-tu de ça ? Un baiser pour chaque bonbon que je te donne.

— Où trouves-tu ces idées ridicules ? s'exclama-t-elle en agitant les mains. Crois-tu qu'avoir faim et être coincée sur un bateau au milieu d'un marais pendant plus de six heures sans électricité m'excite ?

Il inclina la tête comme s'il réfléchissait.

— Je suppose que non ?

Cela ne le gênait pas qu'elle se défoule un petit peu. Il ferait sans doute la même chose si la situation était inversée. Il leva un bonbon.

— Que puis-je faire pour te donner envie de manger ce bonbon ?

— Le servir avec un steak ?

Il posa le bonbon dans sa bouche et se mit à mâcher.

— Tu vois, je t'avais proposé de t'emmener dans un restaurant grill, mais tu as refusé ce rendez-vous.

Cela avait été sa première idée quand il l'avait vue chez Garner's, mais il avait dû proposer plus pour obtenir son attention.

— Quand on y pense, tout ça n'est pas vraiment de ma faute.

Son regard assassin fut impressionnant de férocité. Pas assez pour lui faire peur, mais… franchement, plutôt excitant.

— Je pense t'embrasser bientôt, l'informa-t-il.

Il n'avait pensé à rien d'autre depuis qu'il était passé la chercher chez elle. Maintenant qu'ils étaient coincés dans la boue, qu'elle soit affamée ou pas, il ne pouvait nier le vouloir encore. Ses lèvres étaient délicieusement sensuelles. Pulpeuses, même. Il aurait pu parier qu'elles avaient bon goût.

— Tu peux te gratter, grogna-t-elle.

Elle n'était manifestement pas sur la même longueur d'onde cochonne que lui. Il allait devoir travailler là-dessus. Il se rendit soudain compte que la pièce s'assombrissait.

— On dirait que le soleil se couche.

— Sans déconner.

Il sourit.

— Alors, ce qui se passe dans le noir sur un bateau reste dans le noir sur le bateau. Hein, hein ?

Elle pinça les lèvres.

— Tu n'es pas aussi drôle que tu le crois.

Il attrapa un autre bonbon et le mit dans sa bouche.

— Miam, noix de coco.

Elle se leva.

— Nous devons chercher une torche.

Il jeta le sac de bonbons sur la table basse et se joignit à ses recherches. Il trouva une lampe frontale dans un tiroir de la cuisine. Il l'alluma et l'enfila sur sa tête.

— Que penses-tu de ça ? demanda-t-il en se tournant vers l'endroit où elle fouillait dans les placards.

Elle abrita ses yeux.

— Parfait et ridicule.

Il l'enleva rapidement et jeta la lampe dans le tiroir.

Elle fouilla dans le placard sous l'évier et elle en sortit une torche noire.

— Il faudra faire avec ça.

Elle l'alluma, modifiant la luminosité.

— Il vaut mieux garder la lumière au minimum afin de ne pas user les piles trop vite.

Elle régla la torche et la posa sur la table basse, face vers le haut. Ils avaient encore un peu de lumière du soleil, pas grand-chose, et la torche illuminait la pièce presque comme le ferait une bougie.

Il la regarda faire les cent pas de la cuisine au salon, du salon à la cuisine, encore et encore. Cela lui évoqua un animal en cage. Comme lui, elle était quelqu'un de physique et d'habitué à beaucoup d'activités, ce qui rendait ce petit espace fermé difficile à tolérer. La situation était aggravée par le fait de savoir qu'ils étaient coincés. Il comprenait. Vraiment. C'était la raison pour laquelle il avait couru longuement plus tôt dans la journée. Il fut sur le point de suggérer qu'elle fasse des pompes lorsqu'elle le surprit en se jetant soudain à plat ventre sur le canapé. Oh merde. Pleurait-elle ?

Il se précipita et s'agenouilla à côté du canapé.

— Ne pleure pas.

— Je ne pleure pas, dit-elle d'une petite voix triste à vous briser le cœur. Je ne pleure pas quand je suis frustrée.

Normalement, je me bats, mais je suis faible à cause du manque de nourriture.

Il lui frotta le dos pendant un moment et elle resta immobile, affalée, complètement désespérée, le visage caché. Il devait faire quelque chose.

Il sortit un bonbon du sachet.

— Devine quoi ?

Elle tourna la tête vers lui, les yeux fermés.

— Quoi ?

Il glissa le bonbon dans sa bouche. Elle le mâcha et l'avala.

— Merci.

Il en glissa un autre. C'était un peu comme une machine à sous, pensa-t-il. Elle allait soit être requinquée, soit devenir encore plus irritable, gaspillant totalement leur seule source de nourriture.

Elle ouvrit les yeux.

— Vas-tu te contenter de me donner des bonbons toute la nuit ? demanda-t-elle d'un ton un petit peu plus joyeux.

Il en enfonça un autre dans sa bouche. Elle le mâcha, l'avala et s'assit. Victoire des bonbons !

Il s'assit à côté d'elle et lui en offrit un autre, mais elle recula la tête.

— Ça va, merci, dit-elle. Attends quelques minutes. Je me sens déjà un peu mieux.

— Nous devrions faire un câlin maintenant, après les bonbons, non ?

Elle éclata de rire. Il gloussa. Il avait espéré lui remonter le moral. Même s'il n'avait rien contre les câlins. Il commençait à avoir froid à cause de ses cheveux mouillés et du simple peignoir.

Il ajouta un frisson pour faire bonne mesure.

— Au cas où tu ne l'aurais pas remarqué dans ton gilet

chaud, il fait de plus en plus froid ici. Partager notre chaleur corporelle est tout simplement logique.

— Il ne fait pas froid. C'est rafraîchissant, dit-elle en souriant. Un peu de cran, voyons !

Il reconnut ses propres mots. Il lui avait dit d'avoir du cran, mais il avait également proposé sa chaleur corporelle.

— Je préfère un peu de sexe.

Elle fronça les sourcils.

— J'hallucine.

Il lui fit un clin d'œil.

— Il fallait que ça sorte. Je sais que nous le pensions tous les deux.

Elle essaya de rester sérieuse, mais elle sourit encore. *Victoire.*

— Nous pourrions danser, proposa-t-il.

Elle soupira en levant les mains.

— Il n'y a pas de musique.

Il commença à chanter sa préférée, 'SexyBack', lorsqu'elle lui couvrit la bouche de la main.

Elle secoua la tête.

— Non, vraiment, non.

Il prit la main de Charlotte, embrassa sa paume et la garda entre ses doigts. Elle ne la retira pas.

— Alors il semblerait que le choix évident est un jeu.

— Quel genre de jeu ? demanda-t-elle avec méfiance.

Ses espoirs cochons grandirent, car elle était au moins assez intéressée pour poser la question.

— Cela s'appelle apprendre à se connaître.

Dans son expérience, partager des confidences avec les femmes conduisait toujours à se retrouver tout nu. Il était un livre ouvert, sans secrets, mais Charlotte était mystérieuse. Même s'ils ne se déshabillaient pas, il mourait d'envie d'en savoir plus sur elle. Quelle meilleure façon de passer le temps ?

Elle leva la main pour l'arrêter.

— Non merci. Ça va.

Il s'approcha d'elle afin de pouvoir prendre un peu de sa chaleur corporelle, laissant sa jambe toucher celle de Charlotte. Elle le lui permit.

— Alors, tu aimes mieux rester assise dans l'obscurité avec une torche pendant des heures, à regarder le mur ?

— Je préférerais ne pas être là du tout.

— Voici comment ça marche.

Il la laissa pousser un soupir exaspéré avant de poursuivre.

— Je te pose une question et si tu réponds bien, tu as droit à un bonbon. Si tu réponds mal, tu me donnes un baiser.

Elle s'écarta, laissant une barrière d'air froid entre eux.

— Quel genre de question ?

— Celle que tu veux.

Bon sang, il commençait vraiment à avoir froid. Si elle ne voulait pas partager sa chaleur, il allait devoir récupérer la couverture du lit. Mais il préférait nettement se couvrir d'elle.

— Comment se fait-il que *tu* décides si ma réponse est bonne ou mauvaise ?

Il se rapprocha.

— Tu peux décider de ma réponse quand c'est ton tour.

Elle tendit le bras vers les bonbons et il les poussa sur le côté, hors de sa portée. Si elle essayait encore de les attraper, il lui faudrait s'allonger agréablement sur ses genoux.

— Pourquoi est-ce toi qui tiens les bonbons ?

— Parce que j'ai inventé le jeu.

— Je ne veux pas t'embrasser.

Le regard de Charlotte descendit sur le torse de Ty, à l'endroit où le peignoir trop petit s'ouvrait. Elle humecta ses lèvres et elle le regarda dans les yeux. Il vit son désir accumulé, désir qui était prêt à venir jouer.

— Je suis furieuse contre toi, chuchota-t-elle.

Il sentit un adoucissement de la part de Charlotte. C'était bien, car il devenait de plus en plus dur, lui.

— Sans mentir, je commence vraiment à avoir froid après cette douche et en ne portant que ce minuscule peignoir.

Elle lui jeta un regard compatissant.

— Oh, je suis désolée, et nous ne pouvons pas allumer le chauffage sans faire tourner le moteur.

Il se pencha tout près.

— Tu pourrais peut-être m'aider ?

— Je vais chercher une couverture.

Elle attrapa la torche et elle partit à pas précipités dans l'escalier.

Il resta assis dans le froid et l'obscurité et il se demanda s'il avait d'autres tours dans son sac. Il n'y avait pas grand-chose qui semblait fonctionner sur Charlotte.

Elle revint et elle posa la couverture rose sur lui, l'enveloppant soigneusement autour de ses épaules. Ce fut assez gentil, même si c'était la couverture d'une petite fille de cinq ans.

— Tu veux un peu de couverture ? proposa-t-il en tendant un coin vers elle. Elle était assez grande pour deux.

— Ça va.

Elle reposa la torche sur la table basse et elle s'assit à côté de lui, les jambes croisées bien sagement.

Ils restèrent assis quelques minutes en silence. Alors… pas de bisou, pas de câlin, pas de jeu. Il ne savait pas comment passer le temps.

Elle brisa le silence.

— Dis-moi ce que tu faisais avant d'être cascadeur. Fais une liste de tous tes jobs précédents.

— Pourquoi ? Faisons-nous le jeu du bonbon-bisou ?

Elle ignora la partie 'bisou' de la question.

— On peut deviner beaucoup de choses sur quelqu'un à partir des boulots qu'ils font.

— Que faisais-tu avant d'être entraîneuse sportive ? contra-t-il.

— Je travaillais dans le secteur de la banque.

— Biiiip. Mauvaise réponse. Pas moyen qu'une femme fougueuse et féroce comme toi ait travaillé dans le domaine conservateur des banques. Un bisou.

Il montra sa joue.

— Si, je l'ai fait, et je préférerais gifler cette joue que de l'embrasser, dit-elle de façon détachée.

Mais elle ne le fit pas.

Il relâcha la couverture de façon à dégager son bras droit, puis il posa la main derrière la tête de Charlotte et il déposa un baiser très doux à l'endroit tendre juste au-dessous de son oreille, lui donnant ce qu'elle lui avait refusé. Elle s'immobilisa.

Il s'écarta lentement, regardant son expression de visage. Elle écarta les lèvres en le fixant. Cela lui allait bien.

— Ton tour, dit-il.

Elle secoua la tête et elle cligna quelques fois des paupières, comme s'il avait embrouillé son cerveau. Il ne resta pas indifférent, lui non plus. Il arrangea la couverture de façon à mieux couvrir la tente qui commençait à se former sous le tissu fin du peignoir.

— Comme je l'ai dit avant, dit-elle lentement, quels ont été tes emplois précédents ?

Il les énuméra sur les doigts.

— Cascadeur, entraîneur personnel, et animateur de colonies de vacances.

— Tu as été animateur de colonie ? demanda-t-elle, très surprise.

— Tu fais comme si j'étais une vraie bête. J'étais un des plus grands dans une famille de jeunes qui cherchaient continuellement les ennuis.

Il bougea afin de se placer face à elle, et la couverture glissa de la moitié de son corps. Il la laissa, ayant désormais plus chaud.

— En fait, c'était vraiment sympa. Une colonie pour enfants et adultes mentalement déficients. J'étais comme une rockstar là-bas. J'ai fait trois étés avant de commencer à travailler à plein temps dans la salle de sport.

Elle laissa tomber la mâchoire.

Il leva le menton de Charlotte avec le doigt.

— Quoi ? Tu croyais que j'étais simplement un type canon sans cœur et obsédé par le sexe ?

Elle hocha la tête en lui souriant.

Il sourit à son tour.

— Comment es-tu arrivé là-dedans ? demanda-t-elle. Connaissais-tu quelqu'un avec ce handicap ?

— Oui. J'étais entraîneur assistant pour l'équipe des petits dans la Ligue athlétique de la police. Un des enfants, Teddy, avait un handicap mental. Il apprenait lentement, je veux dire vraiment lentement : il devait aller à une école spéciale. Bref, il n'était pas très doué avec la balle, mais il adorait le jeu. Je le coachais en tête-à-tête avant l'entraînement. Il m'aimait beaucoup. Sa mère m'avait demandé si j'accepterais d'être animateur dans la colonie où il allait passer les vacances. C'était pour tous les âges, jusqu'à quarante ans, avec différents troubles cognitifs.

Il sourit un peu en se souvenant comment les vacanciers venaient tous vers lui, les autres animateurs devant travailler particulièrement dur pour garder leur attention.

— J'étais extrêmement populaire, lui dit-il. Je me suis toujours dit que c'était parce que je suis du genre franc. Je ne cache rien. Facile à comprendre.

Elle lui fit le cadeau d'un sourire tendre en lui serrant l'épaule.

— Tu as une profondeur que je ne soupçonnais pas. Pour cela, tu as droit à un bonbon.

— Excellent.

Il attrapa une poignée de bonbons du sac, en mit un dans sa bouche et lui en proposa un. Elle ouvrit les lèvres et il la nourrit. Elle mâcha en lui souriant avec les yeux. Il en donna un autre, puis un autre, et elle le fixait d'un air presque adorateur. Il venait peut-être de découvrir le secret de Charlotte : c'était une fille du genre bonbons multiples.

Il en mangea un peu plus.

— Pourquoi as-tu quitté le New Jersey ? Tu as dit avoir grandi là-bas, non ?

— Oui. C'est parce que j'en avais assez de traîner dans le même cercle de personnes avec lequel j'avais grandi. Je suis une des rares à avoir quitté la ville.

— Faux.

— Comment ça, faux ?

— Dernière chance pour corriger ta réponse, sinon…

Il baissa la voix et grogna d'une voix rauque :

—... Tu auras un bisou.

Elle sembla peser ce qui était le pire : s'expliquer ou recevoir un autre baiser de lui.

— Où ça ?

Il ne s'était pas attendu à cette réponse. Il se pencha vers elle, prêt pour n'importe quel endroit. Il parla près de son oreille.

— Où veux-tu un bisou, ma belle ?

Charlotte montra sa joue. Il soupira, leva les yeux au ciel et lui fit un bisou.

— Tu es du genre méfiant, dit-il. Ne crois pas que je ne l'ai pas remarqué plus tôt. C'est exactement la raison pour laquelle nous jouons à ce jeu qui aide à se connaître.

— Je ne suis pas méfiante.

— Bien sûr, bien sûr. C'est ton tour.

Il l'avait entraînée dans son jeu et il allait obtenir des réponses. Ou des baisers. Les deux lui convenaient.

Elle lui jeta un regard noir.

— Pourquoi m'as-tu emmenée sur ce bateau si tu n'avais pas la moindre idée de ce que tu faisais ?

— Je voulais t'impressionner, dit-il avec franchise.

Il se garda bien de lui rappeler que c'était une erreur de lecture de carte, et non pas une erreur de navigation, car à présent elle avait les yeux doux et pleins de désir. Peut-être pour lui.

— Ah. Pourquoi...

— Une seule question par tour et je suis sûr d'avoir bien répondu, alors j'ai droit à un bonbon.

Il en jeta un dans sa bouche et il lui en proposa un. Elle avait déjà la bouche ouverte pour le recevoir. Oh, ça lui plaisait de plus en plus. Cette bouche, cette langue rose. Il lui donna le bonbon, faisant glisser son doigt sur sa lèvre inférieure. Elle se mit à mâcher et elle le regarda avec des yeux de braise.

Il se lança.

— À quel point je te plais, sur une échelle d'un à dix ?

Elle rit.

— Tu n'as aucun problème de confiance en toi, n'est-ce pas ?

— Non.

— En ce moment ?

— Oui.

— Tu es environ un 'huit'. Avant, tu étais un 'un'.

Il posa une main sur le cœur comme si elle l'avait blessé.

— Qu'est-ce qui t'a fait accepter ce rendez-vous si j'étais un 'un' ?

Elle rit avec espièglerie.

— J'ai entendu dire que l'on n'avait droit qu'à une seule question par tour.

— Pour de vrai, Char. Pourquoi as-tu dit oui ?

Il eut soudain vraiment besoin de le savoir. Il voulait être plus pour elle que le type avec des muscles.

Elle pinça les lèvres pendant un moment avant de dire :

— Je dois admettre que ta danse devant ma classe de yoga m'a charmée.

— Je t'ai charmée ?

Il s'était attendu à ce qu'elle dise qu'il était sexy.

— Oui, il t'a fallu beaucoup de courage. J'ai pensé : il doit vraiment être intéressé s'il accepte de prendre le risque de se ridiculiser devant toutes ces femmes.

Il souffla et la couverture rose tomba de ses épaules.

— Je me suis ridiculisé ?

— Non, mais tu aurais pu. Je ne savais pas du tout

comment les choses allaient se passer. Je t'ai donné beaucoup de points juste pour avoir essayé.

Il se sentit légèrement mieux.

— Alors, la danse m'a fait remonter un peu. Comment
dois-je faire pour atteindre le dix ?

— Pourquoi est-ce si important de savoir où tu te
situes ? Ce n'est pas comme si nous allions avoir une relation. Je croyais que ceci n'était qu'un rendez-vous pour
s'amuser. Après tout, tu vis à Los Angeles. Je vis ici.

— Je viens régulièrement.

Elle lui jeta un regard sceptique.

— C'est vrai. Je travaille à New York presque autant
qu'à Los Angeles. Je demande toujours ces jobs parce que
ma famille est ici.

Elle pointa un doigt sur son torse.

— Et ton boulot ? Il est très dangereux. Si tu te blesses,
tu n'as plus de travail.

— Et alors ?

— Tu crois vraiment être un bon parti ?

Ses lèvres tressaillirent et il se rendit compte qu'elle se
moquait de lui. Il la chatouilla et elle poussa des cris. Bon
sang, elle était tellement chatouilleuse. Il la chatouilla près
des côtes, puis sous les bras et dans le cou. Elle rit tellement fort qu'elle arrivait à peine à chasser ses mains. Il
s'arrêta et elle lutta pour reprendre son souffle en s'essuyant les yeux. Ses joues étaient toutes roses. Il ne put
pas résister. Il posa un baiser rapide sur ses lèvres
pulpeuses avant de s'écarter.

Elle le fixa un instant, puis elle inclina la tête vers lui
en fermant les yeux, attendant la suite. Il s'exécuta,
prenant sa tête dans la main, l'embrassant profondément,
se laissant fondre dans sa douceur. Tellement sensuelle. Il
se sentit parcouru de désir fiévreux, l'encourageant à

prendre ce qu'il pouvait. Il se força à rompre le baiser avant de se laisser emporter. Ils respiraient fort tous les deux.

Il caressa sa joue avec le pouce, regardant au fond de ses yeux sombres.

— Si tu me laissais une petite chance, je pourrais faire fonctionner la relation à longue distance.

Bordel de merde. Il s'était surpris avec le grand R, une Relation, mais il se rendit alors compte avec un sursaut que c'était vrai. Elle était complètement irrésistible et il voulait beaucoup plus qu'un rendez-vous horrible au cours duquel ils restaient coincés sur un bateau.

Elle écarquilla les yeux, semblant aussi surprise qu'il l'était.

— Que dis-tu ?

Il la relâcha, un peu secoué par tous ces sentiments arrivant trop vite. Ce n'était que leur premier rendez-vous.

— Rien. Revenons-en au jeu.

Il passa une main sur son visage, ne sachant pas vraiment pourquoi ils jouaient. La réalité venait de le rattraper.

— J'aime apprendre à te connaître, dit-elle. Tu es mignon.

Il leva un sourcil.

— C'est censé être un compliment ? Aucun homme ne veut être mignon.

— Que veux-tu être ?

— Sexy, pour commencer.

— Autre chose ?

Il se renfrogna, car elle n'avait pas acquiescé lorsqu'il avait dit sexy.

— Fort, sûr de lui, qui réussit.

— Qui gagne.

Il s'arrêta, mais elle se contenta de lui faire un petit sourire.

— En quoi est-ce que je gagne ? demanda-t-il. Tu étais sur le point de m'arracher la tête quand nous nous sommes rencontrés la première fois. Et maintenant nous sommes coincés dans la boue…

— Parce que tu ne fais pas semblant d'être quelqu'un d'autre avec moi, et le vrai Ty me plaît.

Il resta sans voix. Le vrai Ty lui plaisait, alors qu'ils étaient coincés dans la vase au cours du pire rendez-vous au monde sans électricité et seulement avec des bonbons à manger ? Elle avait vu le vrai Ty et il lui avait plu, pas seulement son argent ou son physique ou son corps – alors que les trois avaient fait des merveilles pour lui dans le passé. Il ne sut pas du tout quoi dire.

Et puis elle passa ses bras autour de son cou et elle l'embrassa. Et il sut très bien quoi faire.

6

———

Charlotte savait qu'elle jouait avec le feu en embrassant Ty, car cet homme savait clairement comment se comporter avec les femmes. D'abord ils étaient en train de s'embrasser fougueusement et l'instant d'après, elle était allongée sur le dos, Ty entre ses jambes, qui l'embrassait dans le cou. D'une façon ou d'une autre il avait réussi à retirer le peignoir pendant qu'il l'embrassait. Il était appuyé sur ses avant-bras afin de ne pas l'écraser, et seule la serviette couvrait ses membres inférieurs. Sa chaleur et sa taille solide étaient délicieuses. Le corps de Charlotte fut partant avant même que les lèvres de Ty dépassent sa clavicule. Il ouvrit brutalement son gilet, les boutons volant dans tous les sens, descendit l'élastique de son haut, glissa le soutien-gorge sur le côté et prit son téton dans la bouche. Un plaisir violent la traversa, la sensation créant une ligne directe vers son sexe. Elle eut le souffle coupé. Il lui fut impossible de parler.

Il leva la tête, son regard sombre brûlant le sien. Elle attendit, ne sachant pas ce qu'il allait faire ensuite. Elle s'en moquait, elle voulait juste qu'il continue. Elle attrapa la tête de Ty et leurs corps se heurtèrent encore violemment. Elle goûta le sucre des bonbons et le pur péché érotique. Elle passa les doigts dans ses cheveux et de part et d'autre de ses épaules incroyablement musclées. Il mordilla sa lèvre inférieure avant de la sucer. Un besoin lancinant comme elle n'en avait encore jamais ressenti la poussa à écarter encore les jambes, l'invitant à entrer. Il attrapa l'arrière de son genou et souleva sa jambe afin qu'elle la pose autour de lui. Elle avait l'autre jambe coincée entre le canapé et lui.

Il la mordilla le long du cou, la faisant sursauter avant de sucer la peau endolorie. Les sensations qui submergeaient son corps lui donnèrent le tournis. Il referma les dents sur son téton exposé et elle poussa un cri de plaisir brutal. Il fit descendre son T-shirt en dessous de son autre sein, baissa le soutien-gorge et profita du moment, sa langue poussant son téton sur son palais. Elle gémit, enfonçant les ongles dans les épaules de Ty, pendant qu'il balançait son bassin contre elle, la friction embrasant tout son corps fiévreux. Il retourna à sa bouche et elle l'embrassa frénétiquement, folle de désir.

Sa grande main tenait le visage de Charlotte de la tempe jusqu'à la mâchoire.

— Ralentis, bébé.

— Ty...

— T'embrasser, c'est comme embrasser le feu, dit-il contre ses lèvres.

— Oui. Je te veux.

Il grogna et caressa ses lèvres avec les siennes, d'un contact si léger qu'il la laissa à bout de souffle, coincée sous lui, attendant qu'il lui en donne plus.

— S'il te plaît, souffla-t-elle.

Il l'embrassa doucement et elle écarta les lèvres avec un soupir. Il enfonça la langue dans sa bouche et elle fit glisser sa langue le long de la sienne, souhaitant tellement plus. Tout son corps bourdonnait de désir.

Et puis il n'y eut rien d'autre que de l'air froid. Il était debout à côté du canapé, la regardant allongée avec les seins découverts et les jambes largement écartées.

Elle ferma les yeux.

— Qu'est-ce qui ne va pas ?

— Je n'ai encore jamais vu quelque chose de plus beau que toi, lorsque tu es allongée de cette façon.

Elle leva les yeux vers l'endroit où il la surplombait. Son érection évidente faisait pointer la serviette.

— Je suis allongée là en attendant plus, dit-elle d'un ton appuyé.

Elle leva la main pour le caresser, mais il fit un pas de côté, hors de sa portée.

— Je n'ai pas de préservatifs.

Il remit le peignoir.

Elle ajusta son soutien-gorge et son haut et elle se releva sur ses coudes :

— Comment peux-tu ne pas avoir de préservatifs ? Un homme comme toi, qui déborde de sexualité sauvage, devrait toujours sortir couvert.

Il eut un sourire en coin.

— Je ne voulais pas précipiter les choses.

— Bien sûr que si ! Le sexe représentait presque chaque mot sortant de ta bouche.

Il inclina la tête, lui concédant le point.

— D'accord, honnêtement, j'étais trop occupé à tout préparer pour le rendez-vous, et j'ai oublié.

— Arg !

Elle se laissa retomber sur le canapé, jeta un bras sur ses yeux et se concentra sur le fait qu'ils étaient coincés dans la vase nauséabonde au milieu d'un marécage. Elle sentait les battements de son cœur dans chaque terminaison nerveuse, même entre ses jambes.

Ty continua à se justifier.

— Et je ne me suis aperçu que je les avais oubliés que lorsque j'ai voulu en mettre un.

Elle se rassit et elle l'examina. Il semblait entièrement sincère.

Il continua ses explications. Cet homme était bavard.

— Je veux dire, j'ai beaucoup réfléchi pour cette soirée. Le yacht, le dîner, la voiture, les fleurs…

— D'accord, d'accord !

Il caressa les cheveux de Charlotte.

— Tu veux un bonbon ?

Je voudrais un orgasme.

— Non merci.

Il s'assit à côté d'elle et il posa un bras autour de ses épaules.

— On reprend le jeu pour apprendre à se connaître ?

— Non.

— À quoi veux-tu jouer ?

— J'ai assez joué avec toi.

— Ne sois pas fâchée.

Ty lui serra l'épaule. Au bout d'un moment, il dit :

— Veux-tu savoir pourquoi j'ai fait tous ces efforts pour un rendez-vous avec toi alors que tu essayais de m'abattre ?

Cela retint son attention.

— Oui.

Il glissa doucement les doigts sur la tête de Charlotte

avant de retirer son élastique et de passer les mains dans ses cheveux.

— Au début, c'est ta beauté qui a attiré mon regard, mais je vois beaucoup de belles femmes.

Elle souffla en croisant les bras.

— Waouh, merci.

Il sourit.

— Ça, c'est exactement la raison pour laquelle tu m'es restée en tête. Quand tu m'as accusé de jouer à des petits jeux au mariage, tu as montré ta force et ta férocité. Ça me plaît.

Elle décroisa les bras.

— Ah.

D'après ses expériences passées, c'était presque le contraire. En général, elle repoussait les hommes.

Il lui caressa la joue et la regarda tendrement.

— Et puis j'ai vu autre chose.

Elle avala la boule dans sa gorge.

— Quoi ? chuchota-t-elle.

— Des éclats brefs de quelque chose de plus.

Il entoura son visage avec la main.

— Sous toute cette force et cette beauté et cette férocité, j'ai vu une femme qui désirait.

Elle ne put respirer pendant un moment, le cœur battant.

— Désirant quoi ?

— C'est ce que j'espère découvrir.

Il caressa sa joue avec le pouce.

— Ce défi, l'énigme de Charlotte.

Il la comprenait. Il voyait vraiment son âme vulnérable sous toutes ses couches de protection. Personne ne le voyait, pas même ses amis les plus proches. Elle ne le leur montrait pas.

— Ty, chuchota-t-elle.

— Oui.

— Comment as-tu su ?

Il ricana.

— Tu viens de me le révéler.

— Ty !

Il l'attira dans ses bras et il parla près de son oreille.

— C'était une intuition parce que… je suis pareil. Dur à l'extérieur, tendre à l'intérieur.

Elle s'écarta pour le regarder, stupéfaite qu'il lui révèle cela.

— C'est vrai ?

Il hocha la tête d'un air solennel.

— Ne le dis à personne. Cela ruinerait ma réputation.

Aucun homme n'avait jamais partagé son côté le plus vulnérable avec elle.

— Je ne le dirai pas, je te le jure.

Elle le fixa, émerveillée, cet homme arrogant devenu confident.

Il l'embrassa brièvement, doucement, sa bouche traînant jusque dans son cou. Pas d'urgence, seulement de la tendresse. Elle fondit, s'autorisant à profiter de la sensation rare d'être chérie.

Il s'écarta bien trop tôt.

— Nous devrions nous arrêter.

— Nous pourrions faire d'autres choses qui ne nécessitent pas de préservatifs, proposa-t-elle.

Il baissa la tête.

— J'adorerais t'aider, mais si je te déshabillais et que moi je n'ai que cette serviette et ce petit peignoir, eh bien, nous allons forcément nous rencontrer. Tu me supplieras sans doute, comme le font les femmes, alors il vaut mieux que nous retournions à notre conversation. Ce serait bien trop facile de laisser la passion prendre le relais.

— Je veux de la passion ! lâcha-t-elle d'une voix bien trop forte.

Il s'écarta pour la regarder, les sourcils interrogateurs.

Elle referma la bouche.

Il l'étudia longuement avant de lâcher :

— Vas-y.

— Que veux-tu que je dise ?

— Qu'as-tu envie de dire ?

— Oublie ça, soupira-t-elle en se détournant de lui.

— Combien de temps reste-t-il avant la marée haute ?

— Quelques heures, je suppose.

Il attrapa les bonbons et il lui en donna trois à la fois. Elle mâcha et elle déglutit, passant de l'irritation à la fatigue. Elle s'appuya contre le dossier du canapé et regarda le plafond, frustré par un désir douloureux qui ne voulait pas disparaître tant que Ty restait assis à côté d'elle.

— Peux-tu me laisser un peu d'espace ? demanda-t-elle.

— Non.

Il lui donna deux autres bonbons. Elle les mâcha et lorsqu'il en mangea d'autres, apparemment complètement indifférent à l'état désespéré et excité de Charlotte, elle le poussa des deux mains. Il ne bougea pas. À la place, il lui jeta un regard en coin et il mangea quelques bonbons de plus.

Elle se décala aussi loin que possible dans l'autre direction. Il se rapprocha.

— Je ne peux pas me calmer si tu restes si près ! s'exclama-t-elle. Mon corps est en alerte.

Il ricana et il jeta le sac de bonbons sur la table.

— C'est cool. Maintenant tu sais ce que ça fait aux hommes d'avoir la bite bleue.

Il passa un bras autour de ses épaules et il joua avec une mèche de ses cheveux.

— Je sais comment arranger ça.

Elle se tourna vers lui, espérant de façon déraisonnable.

— Vraiment ?

— Oui. Je peux te branler.

— Me branler ? répéta-t-elle.

— C'est comme pour les hommes, mais pour les filles.

Elle ne sut pas quoi répondre.

Il précisa sa pensée.

— Comme quand, tu vois, ma main est dans ton pantalon, mais tu ne l'enlèves pas afin que je ne puisse pas accidentellement te baiser par-derrière.

— Accidentellement ?

Il inclina la tête.

— Y a-t-il un écho ici ?

— Ne pourrais-tu pas juste te placer devant moi pour ça ?

Elle se dit qu'ils pouvaient baiser dans les deux directions. Il avait une façon particulière de raisonner.

Il sourit.

— Je suppose. Bon, d'accord. J'avoue. Je voulais juste sentir ton beau cul contre moi.

Elle rit, puis elle ne parvint plus à s'arrêter de rire.

— Qu'est-ce qui est si drôle ?

Elle secoua la tête.

— Ceci est sans doute la conversation la plus ridicule à laquelle j'ai participé.

— J'essaie simplement de t'aider et de, tu sais, me contrôler en même temps.

Elle balaya ses paroles de la main.

— Oh, Ty. Oublie. Ça ira pour moi.

Il lui lança un regard compatissant.

— Mais tu as l'équivalent féminin des couilles sur le point d'exploser.

Elle craqua. Il était simplement trop drôle.

Il souffla.

— Si tu dois en rire, oublie ça.

Elle essaya de s'arrêter, mais un seul regard sur son expression mécontente la fit repartir de plus belle. Perdait-elle l'esprit ?

Pour se venger, il la chatouilla. Elle hurla de rire et essaya de se tortiller loin de lui lorsqu'il l'entoura soudain de ses bras, la serrant contre lui. Il embrassa sa tempe avant de faire tomber sa tête, sa bouche frôlant son oreille lorsqu'il lui parla d'un ton rauque :

— Je suis content d'être coincé ici avec toi.

Elle sentit son cœur se mettre à battre furieusement. Il y avait quelque chose dans la sincérité franche de Ty qui la touchait.

Les yeux tendres de Ty plongèrent dans les siens. Elle soupira presque.

— Oh, fut tout ce qu'elle parvint à dire avant qu'il couvre sa bouche avec ses lèvres.

Elle s'effondra dans une sensation étourdissante de pure chaleur et de désir affamé.

Il colla son front contre le sien.

— Que fais-tu ?

— Rien. Je…

Il la fit taire avec un autre baiser avant de dire :

— J'ai une idée. Laisse-moi voir si Will a laissé des préservatifs dans la chambre.

— Pourquoi ne l'as-tu pas fait avant ?

Il grimaça.

— Parce qu'il s'est fait faire une vasectomie après la naissance des jumeaux l'année dernière. Il est très peu probable qu'il en reste quelque part.

— Des restes qui ont plus d'un an ?

— Ça ne se perd pas.

— Bien sûr que si. N'as-tu pas vu la date limite sur la boîte ?

Il ricana.

— Je n'ai jamais eu à m'en inquiéter.

— Combien en utilises-tu par mois ?

— Attends une seconde, dit-il en attrapant la torche.

La pièce plongea dans l'obscurité.

Elle se leva et elle attrapa son bras.

— Attends, je viens avec toi. Le lit, c'est mieux que le canapé.

Il la reconduisit au canapé et la fit asseoir en la poussant par l'épaule.

— Le lit, ça n'ira pas. Pas s'il n'y a pas de préservatifs. Je te désire beaucoup trop et il est certain que tu me supplieras de continuer.

Elle partit d'un grand rire.

— Je n'ai jamais supplié de ma vie.

Il leva les sourcils.

— Tu le feras.

Sa certitude lui coupa le souffle. Avant qu'elle puisse trouver une répartie, il sourit, se tourna et se dirigea vers les escaliers.

Elle se laissa retomber sur le canapé, très tendu. De longues minutes passèrent. Manifestement, il n'arrivait pas à en trouver. *Bon.* Elle marcha jusqu'à la fenêtre et elle regarda le parc. Elle y vit des lampadaires allumés. Un groupe de types traînait là, assis sur des rochers.

Elle poussa un cri lorsque Ty lui frappa la fesse. Elle pivota et lui donna une claque sur le bras.

— Tu m'as fait peur.

Il avait reposé la torche sur la table basse, faisant briller la pièce d'une lumière tamisée.

Il posa les bras autour d'elle.

— Je suis discret pour ma taille, n'est-ce pas ? Pas de préservatifs.

— Pas grave. Je suis pas d'humeur.

— Dommage, dit-il en faisant glisser sa main entre ses jambes. Tu es sûre ? Parce que je sens beaucoup de chaleur là-dessous.

Elle sentit ses genoux flancher. Cela ne lui arrivait jamais.

Ses doigts appuyèrent contre elle et elle poussa un petit gémissement en s'accrochant à ses bras pour garder l'équilibre.

— Je crois sentir un pouls, dit-il. Ça, c'est un désir puissant. Tu veux la branlette ?

Il fallait qu'elle lui dise. Dès qu'elle pourrait reprendre sa respiration.

Il écarta la main.

— Qu'est-ce qui ne va pas ?

Les mots semblaient coincés dans sa gorge.

— Quoi ? insista-t-il.

Elle fixa un point au-dessus de son épaule. Allait-elle vraiment admettre cela à l'homme qui dégoulinait d'assurance sexuelle ?

Il fit un pas en arrière.

— Compris. Trop, trop vite. Pas de prob...

— Ce n'est pas ça, lâcha-t-elle.

Il remit les bras autour d'elle et elle faillit se laisser aller de soulagement. La bouche de Ty traîna près de son oreille.

— Chuchote-le-moi.

Elle inspira profondément, se leva sur la pointe des pieds et avoua :

— Cela fait trois ans que je n'ai pas eu d'orgasme avec un partenaire.

7

Charlotte retint sa respiration. Il allait sûrement penser que le problème venait d'elle. Qu'elle était trop fermée pour profiter du sexe. Elle aurait dû ne rien dire.

Il se redressa, s'écartant pour la regarder.

— Aïe. C'est terrible.

Elle rougit.

— Oublie ça.

Il enleva les cheveux du visage de Charlotte, les faisant passer derrière son oreille.

— Tu ne peux pas dire une telle chose et t'attendre à ce que je l'oublie. C'est comme d'agiter un drapeau.

— Quel genre de drapeau ?

Elle n'essayait pas de lui lancer un SOS désespéré. Enfin, c'était ce qu'elle pensait, mais elle n'en était plus certaine.

Un coin de la bouche de Ty se souleva en un petit sourire. Cela aurait pu l'ennuyer, le fait qu'il sourie à cause de sa gêne, mais ses yeux étaient chaleureux et pleins de compréhension, et il parla d'un ton doux.

— C'est un drapeau qui dit *aide-moi, Ty,* et aussi un

avertissement : le sexe ne me fait rien, alors il vaut mieux que tu le saches avant de commencer.

Bon sang, il était perspicace. Elle avait espéré qu'il l'aide, pourtant elle craignait qu'il soit déçu. Malgré tout, cette conversation était affreusement gênante. Elle essaya de s'écarter, mais il avait le bras collé autour de sa taille, la serrant contre lui. Elle pouvait sentir son érection appuyer contre son ventre. Au moins, elle ne l'avait pas complètement dégoûté.

Il leva le menton de Charlotte afin qu'elle le regarde.

— Avec quel type d'hommes sors-tu ?

— Des crétins, apparemment.

Il eut une lueur de compréhension sur le visage.

— Et tu pensais que moi aussi, j'allais être un crétin, mais il s'est avéré que je t'ai *plu*.

Il eut un large sourire. Elle ne lui dit pas ces mots-là, même s'il lui plaisait beaucoup, car il était clair qu'il était déjà au courant.

Il entoura les longs cheveux de Charlotte autour de son poing et il poursuivit.

— Tu dois savoir maintenant que j'adore les défis.

Elle déglutit lorsqu'il tira sur ses cheveux, inclinant sa tête vers le haut.

— Ce n'est pas un défi, chuchota-t-elle.

— Qu'est-ce que c'est, dans ce cas ? dit-il en frôlant ses lèvres avec les siennes. Une invitation ?

Elle rougit, gênée par la conversation. Elle n'aurait jamais dû aborder sa vie sexuelle pourrie.

— N'en parlons pas.

Il l'embrassa : ce fut brûlant, mouillé et profond. Elle gémit au fond de sa gorge, avide, serrant ses grandes épaules, désirant sentir la chaleur et le poids de son corps sur elle. Il rompit le baiser et baissa la tête jusqu'à son oreille.

— Alors, ces types ne savent pas ce qu'ils font ou bien tu n'es pas excitée par eux parce que ce sont tous des crétins ?

— Les deux, avoua-t-elle.

— Cela ne sera pas un problème avec moi.

Il glissa entre ses jambes.

— Tu as déjà envie de moi et crois-moi, bébé, je sais ce que je fais. Veux-tu cette branlette ?

— Oui, répondit-elle immédiatement.

— Je pourrais te faire un cunnilingus, proposa-t-il. Mais il faudra que tu t'habilles *immédiatement* après, car je sais que tu me supplieras de te baiser après ça.

— Oui.

Oui pour tout. Oui, oui, oui.

Il lâcha ses cheveux et il posa la main autour de sa mâchoire.

— Tu es tellement belle.

— Arrête de parler.

— Et tellement autoritaire.

— Ty !

La main qu'il avait entre ses jambes remonta et caressa son épaule.

— C'est sûrement ton problème.

— En ce moment, c'est toi mon problème.

— Les hommes n'aiment pas recevoir des ordres.

— Ty, je te jure que...

Il couvrit sa bouche avec la sienne, l'embrassant longuement et profondément. Il était tellement doué pour cela. Elle jeta les bras autour de son cou, collant tout son corps contre ses muscles durs, désirant s'approcher encore. S'approcher autant que le pouvaient deux personnes.

Il interrompit soudain le baiser et il la souleva, la portant dans ses bras. Il s'avança vers la torche.

— Attrape ça. On descend.

Il se pencha vers la table basse et elle poussa un cri en descendant si soudainement.

— Attrape-la, ordonna-t-il.

Elle prit la torche et il la fit remonter en sécurité dans ses bras. Elle éclaira le chemin pendant qu'il se dirigeait vers les escaliers.

— Je croyais que tu ne pouvais pas te contrôler dans un lit.

— Et maintenant, qui est-ce qui parle trop ?

Elle se tut, car en ce qui la concernait, moins on parlait, plus le sexe était agréable. Elle ne voulait pas trop analyser la situation, elle voulait *ressentir*. Elle avait l'impression qu'il pouvait lui donner ce qu'elle n'avait pas pu atteindre pendant si longtemps.

— Il y a des miroirs sur les murs de la chambre principale, dit-il. Je me suis dit que tu aimerais regarder ton premier orgasme depuis trois ans.

Elle secoua la tête.

— Je ne veux pas me regarder. Je veux regarder ton corps incroyable.

Elle caressa son bras, de l'épaule au biceps, admirative.

— Bien sûr, c'est ce que veulent toutes les femmes, dit-il d'un ton nonchalant. Mais comme je n'aurais rien, ceci va se passer comme je le dis.

Qui était autoritaire, cette fois ? Elle ne dit rien, car s'il pouvait vraiment lui donner un orgasme, il pouvait faire comme il voulait. Il la posa en haut des escaliers et elle ouvrit la marche avec la torche.

— Je pourrais toujours te faire une branlette en retour, proposa-t-elle.

— Nous verrons après la tienne.

— Je ne crois pas avoir déjà autant parlé de mon orgasme avec un homme.

— Oui, je suis du genre à tout exprimer. Je t'ai dit qu'avec moi, on a ce que l'on voit. Pas de secrets.

Elle déglutit, ayant une bonne part de secrets.

Ils atteignirent la chambre à coucher et Ty lui prit la torche des mains avant de la poser sur le sol, près du mur de miroirs. Il essaya plusieurs endroits avec différents angles jusqu'à être satisfait.

Il enleva son peignoir, le jeta sur le côté et attacha la serviette un peu plus haut autour de sa taille.

— Je ne peux pas l'attacher mieux. Enlève ton T-shirt et ton soutien-gorge.

— À toi de les enlever.

Il ignora sa demande, s'occupant en faisant passer les doigts dans les cheveux de Charlotte.

— Ensuite, tourne-toi, prends tes seins dans tes mains et regarde à quel point tu es belle.

Elle cligna des paupières, les yeux brûlants. Elle ne se sentait pas belle et elle ne voulait certainement pas se regarder. Elle voulait le contempler, lui. Des années de troubles alimentaires liés au stress émotionnel avaient causé une relation compliquée avec son corps. Sans parler de tous ses autres problèmes de santé. Elle savait qu'elle était en forme et musclée maintenant. Mais cela ne s'enfonçait jamais assez loin dans sa tête pour qu'elle se sente bien dans son corps. Accomplie, oui, mais pas bien.

Ty prit le relais, retirant son gilet et son T-shirt, les jetant par-dessus son épaule avant de défaire le soutien-gorge d'un mouvement rapide. Il le fit glisser et le jeta lui aussi. Il la fit pivoter vers le miroir en tenant ses seins dans ses grandes mains de façon à ce que ses doigts serrent les tétons. Le plaisir intense parvint à vaincre sa réticence initiale. Elle le regarda l'embrasser dans le cou puis jusqu'à son oreille, sa respiration brûlante chauffant son oreille sensible.

— Tu vois ? Tellement belle.

Il massa et il caressa ses seins, la faisant gémir. Elle se pencha en arrière et elle fondit contre sa chaleur, posant la tête sur son épaule. Il fit glisser la main le long de son ventre jusqu'au bouton de son pantalon. Il parla à son oreille.

— Maintenant, nous entrons dans le territoire dangereux. Peu importe à quel point ceci te semble agréable, ne me supplie pas de te baiser. Nous y viendrons lors de notre deuxième rendez-vous, avec une protection.

Elle sourit. C'était presque drôle de le voir si certain qu'elle le supplie. En outre, il était entièrement confiant d'obtenir un second rendez-vous, et du sexe garanti ce jour-là.

Il serra fermement la main qu'il avait entre ses jambes et elle perdit son sourire.

— Compris ? insista-t-il.

— Oui, souffla-t-elle.

Il grogna et il fit passer ses deux mains devant elle afin de déboutonner et d'ouvrir la fermeture éclair de son pantalon. Il fit descendre le vêtement en même temps que sa culotte, et il l'aida à les retirer tout en gardant ses chaussures à talons hauts. Il se leva et sans hésiter, il fit glisser ses doigts jusqu'au centre du plaisir. Elle se cambra contre sa main.

— Tellement sensible, dit-il d'une voix rauque à son oreille.

Elle ne l'était pas normalement, elle pensait que tout cela était dû à Ty.

— Voyons ce que tu aimes.

Ses doigts étaient diaboliques, la caressant tout en bas, tournant, pinçant, regardant ses réactions dans le miroir. Tout ce qu'il faisait était incroyable. Il glissa les doigts en elle, la caressant sur les côtés. Elle sentit ses genoux céder.

— Oh oui, grogna-t-il dans son oreille, je te contrôle maintenant.

Il continua, ses doigts caressant profondément en elle, puis il déplaça la paume de sa main, appuyant fermement sur le point que la plupart des hommes ne semblaient pas trouver. Quels idiots.

Elle haleta, les yeux fermés, submergée par les sensations.

— Tu es un génie.

Il gloussa.

— Regarde. Tu es tellement mouillée. Tu vas jouir tellement fort.

— Bientôt, dit-elle en un soupir.

— Regarde.

Elle secoua la tête.

Sa main s'immobilisa, la tenant fermement et de façon possessive.

— Tu dois te laisser aller. Sinon, je te ferai approcher de l'orgasme puis repartir autant de fois qu'il le faudra.

— Ty, gémit-elle.

— Tu jouiras beaucoup plus lorsque tu me feras confiance pour t'y emmener.

— J'ai confiance.

— Alors, regarde. Je veux que tu voies qui te donne ça et à quel point tu es incroyablement sexy quand tu te laisses aller au plaisir.

En entendant ces mots, elle sentit son pouls dans tout le corps. Ty appuya son érection contre ses fesses.

— Voici ce que tu me fais, belle femme sexy. Cependant, je ne serais pas satisfait tant que tu ne le seras pas.

Elle ouvrit les yeux pour regarder, s'attendant à redescendre des sommets où elle était montée, mais le regard de Ty dans le miroir était intense. Il glissa une grande main sur sa poitrine, entourant son sein, et il la caressa encore de façon diabolique sur son sexe sensible. Elle poussa un soupir tremblant.

— Bien, susurra-t-il à son oreille. Je t'ai eu. Tu n'iras nulle part tant que je n'en aurai pas fini avec toi.

Elle se raidit, se sentant soudain piégée par son grand corps appuyé dans son dos, sa main dominant son sexe, son bras entourant sa poitrine. Elle essaya de bouger et elle se rendit compte qu'elle ne le pouvait pas. Les battements de son cœur résonnèrent dans ses oreilles.

— Doucement, dit-il, mais il ne fut pas doux du tout en la poussant, la caressant plus vite et plus fort, puis en se penchant sur son cou afin de sucer sa peau tendre.

Elle céda étonnamment vite, son corps entier se ramollissant, sa vue se troublant et ne laissant voir que le magnifique Ty qui donnait et elle qui recevait. Elle trembla au bord de l'orgasme qui lui avait échappé si longtemps. Il retira la main de l'endroit où elle avait désespérément besoin qu'il la garde et il inclina la tête de Charlotte en arrière pour recevoir un baiser.

— Je suis si proche, dit-elle avec urgence.

Il lui fit un sourire diabolique.

— Je sais. Regarde à quel point tu es excitée.

Elle grogna et elle contempla les yeux de Ty dans le miroir, se sentant soudain irritée.

— Détends-toi, dit-il en la caressant paresseusement. Nous avons des heures.

Elle ouvrit la bouche pour protester lorsqu'il la souleva soudain et la porta jusqu'au lit. Il la posa au centre d'un drap frais, puis il attrapa la torche et il la posa sur la table de nuit.

— Je croyais que tu ne pouvais pas te contrôler dans un lit, dit-elle.

Il écarta ses jambes et il glissa les mains sous ses fesses, la soulevant.

— Il faut que je goûte la délicieuse Charlotte.

Ces mots réchauffèrent son sexe sensible.

Il la regarda dans les yeux en goûtant longuement. Elle sursauta puis elle fondit, tout son corps se soumettant à l'intensité de Ty.

Sa bouche fut magique. Rien ne lui avait jamais paru aussi bon. Elle serra les draps dans ses poings en bougeant contre lui. Elle laissa échapper de petits cris pendant qu'il la faisait monter et monter, puis redescendre, lui faisant savoir qu'il contrôlait son plaisir. Quelque chose en elle se brisa, un dernier restant de tension, puis elle fut perdue dans un brouillard de plaisir incandescent. Tout se rétrécit, ne laissant plus que le contact intense de Ty qui la faisait bouger à son rythme, parfois avec un plaisir violent, parfois doucement, mais toujours, toujours en ayant conscience qu'il lui donnait exactement ce dont elle avait besoin quand elle en avait besoin. Il fredonna contre elle et suça fort. Elle poussa un cri lorsque l'orgasme la traversa. Des décharges de plaisir irradièrent de son centre et Ty resta avec elle pendant que le plaisir lançait des étincelles en continu.

Enfin, elle le sentit s'écarter et elle poussa un long soupir de pur bonheur.

— C'était incroyable, dit-il.

Elle acquiesça par un murmure.

Il monta le long de son corps et il l'embrassa, puis il se laissa tomber à côté d'elle et il l'attira dans ses bras, torse contre poitrine, son érection appuyant contre son ventre, sa jambe passant entre celles de Charlotte.

— Tu es incroyable, murmura-t-elle.

— Je sais.

Elle fit courir la main le long de son torse et jusqu'à son érection.

— C'est à ton tour.

Il immobilisa sa main.

— Je n'en ai pas terminé avec toi.

— N-non.

Elle se mordit la lèvre.

— C'était… je n'ai encore jamais joui aussi fort de ma vie. Je ne peux pas recommencer.

— Bien sûr que si. Tu es le type de fille qui a des orgasmes multiples.

En fait, cela ne lui était jamais arrivé.

— Qu'en sais-tu ?

Il caressa ses cheveux.

— Tu es le type de fille à manger plusieurs bonbons.

— Ce qui signifie… ?

— Tu apprécies naturellement les bonnes choses.

Elle se sentit parcourue d'une vague d'affection. Elle passa les bras autour de la taille de Ty et elle le serra fort.

Il posa la main derrière sa tête, sa voix grondant dans son torse.

— J'espère que tu sais que nous aurons un deuxième rendez-vous et un troisième et un quatrième…

Elle l'interrompit, même si une part d'elle adorait ce sentiment tendre.

— Prenons les choses une journée à la fois.

Il emmêla les doigts dans ses cheveux, tirant la tête en arrière avant de faire doucement glisser des baisers le long de sa gorge, sa barbe de trois jours grattant la peau sensible de Charlotte. Il glissa la langue entre ses clavicules avant de retourner à sa bouche, dont il embrassa les coins. Elle écarta les lèvres avec un soupir. Il suça sa lèvre inférieure.

— Tu crois vraiment que n'importe quel autre type peut faire ce que je viens de faire ?

Elle sourit.

— En tout cas, tu n'as aucun problème d'assurance.

— C'est toi qui as dit que j'étais incroyable, et ai-je bien entendu ? Un génie ?

Il ricana, roula sur le dos et la souleva sur lui. Il l'arrangea, écartant ses jambes de façon à ce qu'elle entoure son érection par-dessus la serviette.

— Tu es peut-être la première personne à l'avoir dit.

Elle gigota contre lui.

— Laisse-moi t'aider.

Il tripota ses fesses, l'immobilisant.

— Raconte-moi un secret, mystérieuse Charlotte.

Elle descendit la tête jusqu'à son torse, écoutant les battements solides du cœur de Ty, son propre cœur battant la chamade. Il caressa ses cheveux en attendant patiemment.

Elle inspira profondément et elle leva la tête.

— Pourquoi penses-tu que je suis mystérieuse ?

Il passa un doigt sous son menton.

— Parce que j'ai l'impression d'*être ce que tu vois*, alors que toi tu es plutôt du genre *'graves secrets qui ne seront jamais révélés'*. Allez, tu m'as dit ton secret concernant l'absence d'orgasmes. Ne te sens-tu pas mieux maintenant ?

Elle redescendit sa tête sur son torse.

— Je n'ai pas de 'graves secrets'.

Il traça la ligne de sa colonne avec les doigts, lui donnant des frissons.

— Nous avons des heures pour jouer au jeu des secrets.

— Il n'y a pas de secrets, insista-t-elle.

— L'orgasme suivant dépend de la révélation d'un secret, dit-il d'un air nonchalant.

Elle leva brusquement la tête.

— Ty ! Je t'ai dit qu'il n'y avait pas de secrets.

— Tu es un assassin.

— Non !

— Tes parents étaient des assassins.

— Personne n'a assassiné personne !

Elle roula à côté de lui et il la suivit, la coinçant sous son corps. Il la regarda et un sourire s'étala lentement sur son visage.

— Tu es bien sur la défensive pour quelqu'un qui n'est pas un assassin.

Il se déplaça, embrassant l'endroit sensible sous son oreille. La sensation chaude la détendit à mesure qu'il descendait et qu'il l'embrassait le long de l'épaule. Il descendit encore, posant la main autour de son sein et faisant glisser sa langue sur son téton. Celui-ci se mit à pointer durement.

— Joli, murmura-t-il avant de le frôler avec les dents.

Elle gémit. Il ressortit la langue, joua avec elle, puis il posa des baisers sur les côtés de son sein. Elle passa les doigts dans les cheveux de Ty, cédant au plaisir.

— Dis-moi quelque chose que je ne sais pas sur toi, l'encouragea-t-il entre quelques baisers doux tout autour du mont douloureux.

— Je suis du New Jersey, parvint-elle à articuler.

— Ça, je le sais. Quoi d'autre ?

Il la taquina avec sa langue, puis il changea de côté, décalant l'autre main afin de jouer avec son sein. Le désir lancinant culmina lorsqu'il suça son téton avec force tout en glissant la main entre les jambes de Charlotte, la caressant en petits cercles paresseux. Elle haleta. À ce moment précis, elle ne voulut rien d'autre que Ty en elle.

— Ty, baise-moi.

Il l'ignora, se déplaçant afin de sucer son autre sein et la pénétrant avec les doigts.

Elle gémit, pleine de désir et de besoin.

— Je ne peux pas tomber enceinte. C'est bon.

Il lâcha son sein et il la regarda.

— Prends-tu la pilule ?

Elle ferma les yeux contre cette souffrance familière.

— Aucune importance.

— Bien sûr que ça a de l'importance.

Elle sentit sa gorge se serrer.

— Baise-moi, c'est tout.

— Charlotte, bébé, est-ce que ça va ?

Et puis, comme une idiote, elle se mit à pleurer.

8

Ty déglutit, sentant sa propre gorge se serrer de compassion pour les larmes de Charlotte. Il la prit dans ses bras, faisant passer la jambe par-dessus les siennes et tenant sa tête contre son torse afin de l'entourer avec son câlin. Ses épaules furent secouées de sanglots.

Il n'aurait jamais dû ouvrir sa grande bouche.

C'était juste qu'elle avait été tellement évasive en répondant à ses questions que cela l'avait rendu curieux. La plupart des femmes déballaient souvent plus que ce qu'il voulait savoir. Il se sentit pris de remords. Il y avait une raison pour les secrets.

Au bout d'un moment, elle sembla ne plus avoir de larmes, reniflant juste légèrement.

— Pardon, dit-il. Je ne voulais pas te faire pleurer.

— Je ne sais pas pourquoi je pleure. C'est stupide.

Il caressa ses cheveux.

— Ce n'est pas stupide. C'est un énorme secret que tu as gardé pour toi.

Elle leva la tête et elle le regarda. Il parvenait tout juste à distinguer ses yeux brillants à la lueur de la torche. C'était terrible.

— Tu veux savoir mon secret ? chuchota-t-elle.

Il y en avait plus ? Il pensait que le fait qu'elle ne puisse pas tomber enceinte était le gros secret.

Il enleva les cheveux du visage de Charlotte.

— Seulement si tu veux me le dire.

Elle inspira en tremblant.

— Je ne te le raconte que parce que j'ai pleuré sur toi. Tu prendras peut-être tes jambes à ton cou, mais je ne m'attends pas à un avenir tout rose, alors tant pis.

— Quoi que tu aies à dire, cela ne me fera pas fuir. Je t'ai dit que je voulais te revoir encore après ça.

Elle secoua la tête.

— Tu ne le voudras pas.

— Teste-moi.

— J'ai trente et un ans…

— Et alors ? Moi aussi.

— Ce n'est pas le secret.

— Ah.

Elle caressa distraitement le torse de Ty.

— J'ai trente et un ans et je n'ai plus beaucoup de temps pour avoir un bébé.

— Je croyais que tu ne le pouvais pas.

— Mes chances de concevoir naturellement sont minuscules, quelque chose comme un pour cent. J'ai eu une endométriose sévère, cela a laissé beaucoup de cicatrices dans mon utérus, c'était extrêmement douloureux. Il y a quelques mois, le médecin l'a opérée, puis elle m'a dit que dès que j'étais prête, il me faudrait envisager la fécondation in vitro, sans attendre trop longtemps, car même cela risquait de devenir plus difficile avec le temps.

Elle inspira profondément et resta complètement immobile.

— Je pense maintenant dépenser toutes mes économies sur une FIV avec un donneur de sperme avant de ne plus avoir le temps.

Il eut du mal à réfléchir clairement à cause de toutes ces informations stupéfiantes.

— Alors, tu prends la pilule où tu ne prends pas la pilule ? lâcha-t-il.

— Ce n'est pas important !

— D'accord. Qu'est-ce qui est important ?

Elle poussa un long soupir.

— Je ne prends pas la pilule, car j'envisage la FIV. Si je reprends la pilule, il faudra des mois avant de redevenir fertile.

Elle se tut et dans le silence de ce moment, il comprit que le désir qu'il avait ressenti chez Charlotte n'était pas lié à un partenaire à aimer, comme il l'avait espéré, mais à un bébé à aimer.

— Tu as quand même un pour cent de chances, dit-il. Ou tu pourrais adopter.

Elle posa une main sur sa joue et elle la laissa là.

— Je n'ai dit cela à personne. Je suppose que c'était difficile d'expliquer pourquoi je voulais un bébé avec mes gènes et en étant célibataire. J'ai juste le sentiment de devoir le faire avant que ce soit trop tard.

Alors en gros, il était au lit avec une femme qui cherchait un avenir avec des enfants, avec ou sans homme. Pourquoi s'était-elle confiée à lui ? Pas à sa famille ni à ses amies les plus proches. Était-ce parce qu'elle avait prévu de ne plus jamais le revoir ? Ou espérait-elle qu'il prenne les jambes à son cou ? Il en était très loin. Il avait assez d'expérience pour savoir reconnaître une connexion rare entre deux personnes.

— Je suis une idiote, dit-elle.

Il tira ses cheveux.

— Ne parle pas de toi de cette façon. Tu es fabuleuse. Bien sûr que tu veux un bébé avec tes gènes. Tu es magnifique et intelligente et adorable.

Elle resta silencieuse un long moment et il lui donna le temps de prendre la mesure du compliment. Enfin, elle parla d'un ton sérieux :

— Ce qui se passe sur le bateau reste sur le bateau.

Il essaya de détendre l'atmosphère.

— J'adorerais t'aider, mais nous ne sommes sortis ensemble qu'une seule fois. Tu sais que je serai le un pour cent chanceux à planter ma graine là-dedans.

Elle ne sourit pas.

— Éteins la torche. Quand elle se rallumera, nous ne parlerons plus jamais de ce qu'il va se passer dans l'obscurité.

— D'ac-cooord, dit-il lentement, ne sachant pas ce qu'elle avait en tête.

Le moment ne semblait pas très propice à la sensualité, mais si elle était partante, lui aussi.

Il attrapa la torche et il l'éteignit. L'obscurité était si complète qu'il avait l'impression d'avoir fermé les yeux. Il se rapprocha doucement d'elle, ne voulant pas la heurter accidentellement. Il sentit sa peau douce et satinée et il la reprit dans ses bras, jetant la jambe sur elle pour faire bonne mesure. Elle le surprit alors en révélant ses secrets les uns après les autres :

— Mes gènes sont pourris.

— Mon père est en prison.

— Ma mère était strip-teaseuse.

— Je vis seule depuis mes seize ans.

— J'ai fréquenté un vieux plein aux as pour payer mes frais d'université.

— J'ai souffert d'obésité morbide.

— Et cela fait plus de trois ans que je n'avais pas eu d'orgasme avec un partenaire, car les hommes avec lesquels je sors sont des connards ou des crétins ou, je ne sais pas, peut-être que je déteste simplement les hommes.

La mâchoire de Ty tomba. Il avait l'impression d'avoir sauté à travers une vitrine en verre, mais pas une fausse vitre de cinéma, une vitre bien réelle. Il sentit des coupures partout, c'était la douleur de Charlotte qu'il ressentait par empathie.

Une seconde de silence. Il l'entendit respirer profondément.

— Autre chose ? demanda-t-il.

— C'est tout ce à quoi je pense, dit-elle doucement. Tu comprends pourquoi je voulais quitter le New Jersey pour un nouveau début ? Tout le monde connaissait mon histoire.

— Pourquoi étais-tu seule à seize ans ?

— J'en avais assez du défilé d'hommes dans notre appartement. C'était juste ma mère et moi. J'avais un verrou sur la porte de ma chambre et un couteau dans ma table de nuit.

Il souffla en la serrant instinctivement plus fort.

— Est-ce qu'un de ces hommes t'a touchée ?

— Non, mais parfois cela n'a pas été loin. Je ne me sentais pas en sécurité. Ma mère était ivre la plupart du temps.

Elle poussa un soupir.

— J'ai donc organisé un plan pour sortir avec un an d'avance du lycée, avec l'aide du conseiller d'orientation, et j'ai travaillé en tant que baby-sitter pour une femme gentille, Myrna, qui vivait près de mon école. Enfin, j'ai déménagé dans le sous-sol de Myrna, et j'ai aidé dans la maison et veillé sur ses jeunes enfants en échange du gîte et du couvert. Puis j'ai passé mon diplôme de fin d'année, loué un appartement pas cher près de Rutgers, qui est la fac publique du New Jersey, et j'ai payé les frais de scolarité pour les résidants. J'ai travaillé à plein temps et j'allais à la fac à mi-temps tous les ans, sauf une année de fac à plein temps avec l'aide de mon vieux riche. Je n'étais pas la seule à le faire, une amie m'en a parlé. Beaucoup de filles s'inscrivaient sur un site Internet afin de pouvoir sortir de la fac sans dettes.

Il se raidit, imaginant la jeune Charlotte sans personne pour veiller sur elle. Sa propre petite sœur était bien protégée par lui et ses frères et leur père flic.

— As-tu couché avec le vieux ?

— Non, c'était un homme âgé qui voulait seulement la compagnie d'une jeune étudiante. J'allais dîner ou au théâtre avec lui, je lui lisais les journaux, ce genre de choses. Il a payé mes frais de scolarité, mais ensuite j'ai abandonné la fac, car je ne pouvais pas me regarder dans un miroir. Je ressemblais un peu trop à la façon dont ma mère se comportait avec un certain nombre d'hommes du club de strip-tease.

Il caressa les cheveux soyeux de Charlotte. Et lui qui l'avait obligée à se regarder dans un miroir ! Mais elle avait fini par le faire. La confiance qu'elle avait en lui le submergea.

Elle inspira en tremblant.

— Après ça, je suis retournée à la fac à mi-temps, en travaillant à côté. J'ai passé quelques bonnes années à la banque, c'est ainsi que j'ai pu me payer ma maison, et puis je suppose que j'ai fait un burnout. Je me suis perdue et j'ai déménagé, je me suis mise en forme, j'ai fait de nouveaux amis, et j'ai fini par trouver une nouvelle carrière.

— C'est bien.

— Oui, c'est bien. Je travaille dur afin de ne pas me définir par mes problèmes, mais… je suppose qu'ils m'affectent toujours. J'ai des difficultés à m'ouvrir. Les relations, c'est difficile pour moi.

Elle soupira.

— Et maintenant que je n'ai plus beaucoup de temps pour avoir un bébé… je ne sais pas quoi penser de mon avenir. J'ai beaucoup de décisions difficiles à prendre.

Il arrivait à lire entre les lignes. Elle lui faisait savoir qu'elle n'envisageait pas de relation entre eux dans l'avenir. Il avait mal au cœur à l'idée de ne vivre que ça avec elle : un rendez-vous, coincés dans la boue. Mais elle s'était ouverte à lui, émotionnellement et physiquement. Cela devait bien signifier quelque chose.

— Tout le monde a quelque chose qui ne va pas, dit-il. Objectivement, tu es fabuleuse.

— Tu n'es pas objectif du tout. Tu as simplement les bourses qui débordent.

Il gloussa.

— Peut-être, mais c'est quand même vrai. Tu es devenue incroyable malgré ce que tes parents ont fait. Tu as une carrière fabuleuse que tu aimes, de bons amis, je veux dire, tu as ce groupe de femmes du club de lectures cochonnes...

— Le Club de Lecture Happy End.

— Et tu es propriétaire de ta propre maison. Quels que soient les critères d'évaluation, tu as réussi.

Elle serra fort la taille de Ty et elle enfouit son visage contre son torse.

— C'est vrai, dit-il en soulevant sa tête.

Elle le regarda et il l'embrassa tendrement. Il se sentit traversé par une décharge d'affection à cause de tout ce qu'elle avait traversé et surmonté. Elle était exactement le type de femme qu'il respectait : dure et forte. Il rompit le baiser et caressa sa joue, se sentant tout ému. Puis il eut une pensée effrayante au sujet de son père en prison.

— Ton père est-il violent ?

Elle poussa un soupir.

— Non. Il est dans une de ces prisons confortables pour fraude. Il était conseiller financier et il a pris de l'argent qu'il a fait disparaître dans ses propres comptes. Je ne le connaissais même pas si bien. J'ai dû le voir deux fois par an.

Au moins, elle n'avait pas eu à gérer un homme violent à la maison.

— J'ai eu le contraire. Un père fantastique et une mère qui a laissé tomber ses six enfants. Je ne l'ai pas vue depuis mes six ans.

— Je suis désolée.

— Le pire, c'est qu'elle est récemment réapparue pour se faire pardonner ou autre chose, et je l'ai manquée.

— Tu pourrais peut-être la retrouver.

— Josh dit que ça n'en vaut pas la peine. Il a sans doute raison. C'était trop peu et trop tard. Je suppose que ça m'a ennuyé qu'elle ne pose pas de questions sur moi ou qu'elle ne m'appelle pas alors qu'elle reprenait contact avec tout le monde.

— C'est nul, dit-elle.

— Oui.

Il enveloppa ses longs cheveux autour de son poing, adorant les sentir sur sa main.

— Je parie que tu te demandes ce qui ne va pas avec moi.

— Je croyais que c'était l'abandon de ta mère.

— Non. Tu pourrais avoir du mal à le croire… Il baissa la voix… mais certains disent que j'ai la grosse tête.

Elle lui donna un faux coup de poing avant de tâter sa tête.

— Elle me semble normale.

— Je veux dire que je suis un peu trop sûr de moi.

Elle rit.

— Je sais. Je plaisantais et tu as effectivement beaucoup d'assurance. Parfois c'est trop, ça frise l'arrogance.

— Je dois être très sûr de moi pour mon travail. Si j'ai ne serait-ce qu'un instant d'hésitation ou de doute, une cascade peut très vite mal tourner. Le corps et l'esprit sont intimement liés.

— Ton travail m'effraie.

Il se surprit à sourire à la fois parce qu'elle se souciait assez de lui pour être effrayée et parce qu'il adorait l'excitation de son travail.

— Je l'adore.

Il fit glisser un doigt le long de la peau douce de son cou.

— Tu es sincère avec moi et j'aime la véritable Charlotte.

— Moi aussi, j'aime le véritable Ty, dit-elle doucement.

Il l'embrassa encore, doucement, espérant soulager sa souffrance.

— Rien de tout cela ne quitte cette pièce.

— Bouche cousue, dit-il.

— Tu me plais plus que n'importe quel homme que j'ai pu rencontrer de toute ma vie.

Il sentit ses yeux brûler. Bon sang. Cette femme avait le pouvoir de jouer avec son cœur.

— Merci.

Il fallait qu'il la regarde dans les yeux. Il s'éloigna d'elle et il alluma, dirigeant la lumière vers elle afin de bien pouvoir l'observer. Elle avait le nez rouge, des traces de larmes sur les joues.

Elle cligna des paupières plusieurs fois.

— Pourquoi as-tu allumé la lumière ?

Il laissa la torche posée vers le haut afin d'avoir une lumière tamisée et il reprit Charlotte dans ses bras.

— Il fallait que je voie la femme courageuse qui a partagé tant de secrets.

Elle parla contre son torse :

— Nous étions d'accord pour ne plus jamais les mentionner une fois que la lumière était allumée.

— Charlotte, dit-il doucement en cherchant les mots pouvant exprimer ce que tout cela signifiait pour lui. Merci de m'avoir confié tes secrets, d'avoir eu confiance avec le miroir, avec ton orgasme.

Il la vit rougir.

— Je promets de toujours prendre soin de tout ce que tu veux bien me donner, ajouta-t-il.

— Ce n'est pas vraiment un cadeau.

Il caressa ses cheveux et il l'embrassa.

— Si, c'est un cadeau.

Elle soupira.

— Je suis tellement fatiguée.

— C'est normal. Je ne t'ai donné rien d'autre à manger que des bonbons, j'ai fait faire de l'exercice physique à ton corps et tu viens de décharger tout ce qui te pesait. Je dirais que tu dois te sentir comme un ballon qui aurait perdu tout son air, mais plus tard tu pourras monter encore plus haut grâce à cela.

Il gloussa.

— C'était profond. Je suppose que tout ce partage de secrets a touché une corde sensible chez moi. D'habitude, mes premiers rendez-vous ne se passent pas du tout de cette façon.

Elle était silencieuse. Il baissa la tête et il vit qu'elle s'était endormie.

Il caressa ses cheveux doux, songeant à la force qu'il lui avait fallu pour s'élever après ses débuts difficiles afin d'obtenir la vie qu'elle voulait. Cela l'ennuyait qu'elle envisage d'avoir un bébé toute seule, car cela signifiait qu'elle ne pensait pas qu'un homme pouvait être à la hauteur et vouloir une famille avec elle. Une part de lui voulait être cet homme, même si sa partie plus rationnelle lui disait qu'il était fou. Entrer dans la vie de Charlotte alors qu'elle était à ce croisement de chemins ne signifiait pas qu'il était prêt, lui aussi. Oui, il vivait pour l'adréna-line, mais pas dans les relations amoureuses. *Réveille-toi. Elle l'a dit très clairement. Elle ne cherche pas de relation. Elle ne voit pas d'avenir avec toi.*

Il avait dû s'endormir, car il entendit soudain un bruit de mégaphone. Il s'écarta de Charlotte et il s'assit, désorienté.

— Merde. Quelle heure est-il ?

Charlotte enleva les cheveux de son visage.

— Hein ?

Il faisait encore nuit. C'était sans doute la police qui venait les sauver.

— Habille-toi, lui dit-il. Ce doit être la marée haute.

Il accrocha la serviette autour de sa taille, attrapa le

peignoir et monta les escaliers. Un spot lumineux éclairait le pont depuis un bateau de police près de là. Bon sang, il faisait froid. Il attacha fermement le peignoir autour de sa taille et il enfila ses tennis boueux.

— NYPD, tonna une voix dans le mégaphone. Utilisez votre radio.

Il leva la main.

— Compris !

Il se dirigea vers le panneau de contrôle principal, prit la radio et appuya sur le bouton.

— Est-ce marée haute ?

Il y eut un bruit comme un soupir exaspéré.

— Oui. Nous vous envoyons George qui vous aidera à sortir de la vase. Préparez-vous à le faire monter à bord.

— Bien reçu, à vous, dit-il en se demandant vraiment ce qu'il était censé faire.

Il sortit sur le pont arrière, où il y avait une échelle pour grimper à bord.

— Sauvés, dit Charlotte derrière lui.

Il se tourna et il vit qu'elle était entièrement vêtue. Pour une raison étrange, cela lui donnait un air fermé et distant, ou peut-être était-ce juste l'expression de son visage. *Ce qui arrive sur le bateau reste sur le bateau.* Leur temps ensemble était terminé.

Il chercha à adopter son ton joyeux normal.

— Ils envoient un type et je vais l'aider à monter à bord.

— Tu devrais sans doute attraper la perche avec le crochet au bout.

C'est à ça que servait la perche ?

— Bien sûr. C'est ce que je pensais.

Elle croisa les bras afin de se protéger du froid, observant le bateau de police. Il récupéra la perche et regarda la mise à l'eau d'une petite barque.

— Ceci a été le premier rendez-vous le plus fou que j'ai pu faire, dit-elle en fixant l'homme qui ramait jusqu'à eux dans une combinaison de plongée.

— Ceci a été le *meilleur* premier rendez-vous que j'ai pu faire, répondit-il.

C'était vrai et il ne prit pas la peine de le cacher. Il avait pour habitude de dire ce qu'il pensait. En dehors de la légère honte d'avoir coincé le bateau, il avait apprécié chaque moment avec elle. Il n'y avait pas eu de gêne ou d'ennui, juste de l'amusement et beaucoup plus que ce à quoi il s'était attendu. Personne ne s'était jamais ouvert à lui de cette façon. Il en était profondément touché.

Elle le regarda dans les yeux, essaya de sourire, mais n'y parvint pas tout à fait.

Il avala la boule dans sa gorge.

Elle parla d'une voix faussement enjouée :

— Impossible de battre le fait d'être coincé dans la boue pendant la moitié de la nuit.

— C'est vrai, c'est impossible, murmura-t-il.

Elle se détourna, regardant l'homme ramer pendant un moment.

— Je vais chercher les bonbons, dit-elle en se faufilant dans la cabine.

Et puis George, un vieil homme bourru avec des cheveux gris ébouriffés cria depuis sa barque pour que Ty lui jette une corde. Ty regarda autour de lui. Il ne vit aucune corde. Il se pencha donc avec la perche.

— Sérieusement ? demanda Georges. Pas étonnant que tu sois coincé dans la vase.

Il ignora la perche et sortit simplement de sa barque dans l'eau marécageuse. Puis il nagea et lorsqu'il ne put plus nager, il pataugea dans la vase épaisse. Il monta tout seul à bord grâce à l'échelle.

— Désolé de ne pas avoir pu vous aider davantage, dit Ty.

Georges secoua la tête.

— Tu n'as rien à faire avec une beauté pareille.

Ty pensa un instant qu'il parlait de Charlotte, mais George continua ensuite à grommeler au sujet de ses belles lignes et d'une espèce de moteur dont Ty ignorait l'existence avant de se rincer avec un tuyau d'arrosage que Ty n'avait pas remarqué avant. Il n'y eut pas beaucoup d'eau et le jet s'arrêta.

Le reste fut vraiment impressionnant quand George travailla à décoincer le yacht, ce qui, malgré son expertise, ne fut pas chose facile. Une fois revenue en sécurité au bord du quai, Charlotte sembla réservée et bien trop silencieuse. Ty se força à laisser les choses comme elles étaient, à l'emmener à la maison et à dire au revoir. Cependant une partie de lui se rebella. Il avait envie de continuer à traîner avec elle. Juste un peu plus longtemps. De s'amuser un peu plus avant qu'elle passe son chemin avec ses grandes décisions et un avenir qui ne devait pas l'inclure.

— Tu veux t'arrêter manger un morceau? demanda-t-il.

Il était presque deux heures du matin et il savait qu'elle devait être affamée.

— Non, merci. Ramène-moi juste à la maison.

C'est ce qu'il fit. Elle dormit sur le trajet du retour, ou en tout cas elle fit semblant de dormir, car dès l'instant où il se gara dans son allée, elle attrapa son sac, le remercia rapidement et partit. Il coupa le moteur et il sortit pour la raccompagner jusqu'à sa porte, mais elle se faufila dans la maison avant qu'il en ait l'occasion. La sensation acca-blante dans ses entrailles lui disait qu'elle n'envisagerait même pas un deuxième rendez-vous décontracté. Aucune danse de style strip-tease n'allait fonctionner pour lui cette fois. *Oh merde*. Sa mère avait été strip-teaseuse. Il s'était débrouillé pour lui rappeler presque chaque problème qu'elle avait. Il ne pouvait pas lui en vouloir si elle ne souhaitait plus jamais le revoir.

Il remonta dans la voiture, démarra et resta assis en regardant sa porte d'entrée, la gorge serrée, le cœur douloureux comme s'il venait de perdre quelque chose d'important. La seule raison pour laquelle il ressentait ce... manque intense venait des circonstances inhabi-tuelles de leur rendez-vous. Bon sang, n'importe qui pouvait créer des liens après avoir été coincé quelque part avec quelqu'un d'autre.

Il enclencha la marche arrière et il fonça hors de son allée, ayant besoin de mettre beaucoup de distance entre eux.

9

Charlotte étira les jambes. Elle portait un legging sous sa tunique surdimensionnée et elle était installée à sa place au rendez-vous du Club de Lecture Happy End du jeudi soir. Elle se prépara mentalement à répondre aux questions de ses amies au sujet de son rendez-vous avec Ty. Son plan était de garder la bouche fermée afin de ne pas attirer l'attention sur elle, mais elle ne savait pas combien de temps cela fonctionnerait. Le club avait commencé sous la forme d'un groupe de lecture pour célibataires, alors elles avaient toujours un intérêt marqué pour les vies amoureuses des autres.

Les dames reçurent leurs tasses de merveilleux café dans leur lieu de rendez-vous habituel à Clover Park, le café Something's Brewing. Charlotte avait apporté sa propre tasse de thé vert pour les antioxydants. Elle tripota son téléphone dans le but de repousser toute question trop curieuse. Ses amies avaient été témoins de sa première rencontre explosive avec Ty au mariage et de la deuxième rencontre explosive chez Garner's. Elles étaient également au courant de sa danse de style Magic Mike. Qui pouvait résister à raconter ce détail croustillant ? Elle regretta de ne pas l'avoir filmé pour elles, car cela avait été *incroyable*. Mais désormais, même s'il y avait un aspect comique à leur croisière désastreuse, ce qui avait suivi dans l'obscurité n'était pas quelque chose qu'elle était prête à raconter. En fait, elle regrettait profondément d'avoir révélé tous ses secrets douloureux. Même ses amies n'étaient pas au courant.

Elle rangea son téléphone portable, se sentant soudain déprimée. Ses amies, ayant autour de la vingtaine, étaient assises dans un cercle de chaises autour d'elle, à discuter joyeusement, et Charlotte se dit qu'elle ne se sentirait jamais aussi insouciante. Quelque chose avait irrévocablement changé pour elle sur ce bateau. Tout dire à voix haute avait donné du pouvoir aux secrets, et il fallait maintenant qu'elle gère les conséquences. Elle devait prendre des décisions difficiles, reprendre la pilule ou pas, essayer la fécondation in vitro avant qu'il soit trop tard, ou vivre avec le fait qu'elle avait volontairement raté sa chance.

Ty ne pouvait pas être un facteur sérieux dans ces décisions. Même s'ils arrivaient à travailler sur une relation de longue distance, c'était un cascadeur qui risquait sa vie de façon régulière. Il était bien plus facile d'entrer dans son rôle de mère en s'attendant à le faire seule. Un cascadeur pour père de son bébé ? Son estomac se noua rien qu'en y pensant. Et s'il mourait ?

Hailey interrompit ses pensées sombres en s'asseyant dans le cercle de femmes.

— Aujourd'hui, j'ai un nouveau type de romance. Elle est paranormale, ce qui signifie qu'il y a de la magie !

— Comme dans Harry Potter ?

Mad secoua la tête, ses cheveux rouge pompier assez

longs maintenant pour cacher son visage à cause du mouvement. Elle remit les cheveux derrière ses oreilles.

— Ça va pas le faire. J'ai besoin de scènes vraiment sexy. Maintenant que j'ai Park, j'ai quelqu'un avec qui les reproduire.

Hailey balaya sa remarque de la main.

— Il y a des scènes sexy. Un vampire canon avec une énorme, euh, *vous savez quoi.*

Elle rougit.

— Queue, ajouta aimablement Mad.

Hailey jeta ses cheveux blonds vénitiens par-dessus son épaule.

— Oui, eh bien, c'est très sexy.

— Tu aimes les types extra larges ? demanda Lauren en plissant le nez.

C'était une adorable institutrice.

— Ça ne me paraît pas confortable.

— Il suffit d'être suffisamment préparée à le prendre, répondit Mad avec naturel.

Elle regarda autour d'elle en cherchant une confirmation et lorsqu'elle n'en reçut pas, elle ajouta :

— Park est monté comme un cheval.

Charlotte retint une remarque sarcastique. Mad n'arrêtait pas de parler du fabuleux, romantique, sexy et membré Park. Bien sûr, elles étaient toutes heureuses pour elle, ravies de ses fiançailles, mais cela devenait un peu pénible. Ty était bien membré lui aussi, non pas qu'elle ait tenté l'expérience… merde. Cela l'excitait de penser à lui. *Non, non, non.* Ne pas penser à ça. Elle ne savait même pas si elle pouvait à nouveau le regarder en face avec tout ce qu'il savait à son sujet. C'était même difficile de regarder Mad, sa sœur, dans les yeux alors que Charlotte connaissait et aimait Mad. En effet, elle voyait la ressemblance dans les yeux sombres et autour de la bouche, ce qui était étrange à cause de ce que la bouche de Ty lui avait fait.

Hailey se racla la gorge.

— Quoi qu'il en soit, cela s'appelle *Accidentally Married to a Vampire*. Accidentellement mariée avec un vampire ! Vous imaginez ?

— Accidentellement ? demanda Charlotte.

Les femmes gloussèrent.

— Julia l'a fortement recommandé, précisa Hailey en les défiant de contredire Julia.

C'était une ancienne membre du club de lecture et l'écrivaine des best-sellers internationaux de la trilogie Féroce, le livre qui les avait toutes rassemblées pour la première fois.

— Elle a également recommandé *Loup-garou charnel*, mais je n'étais pas sûre du côté amour poilu.

Les femmes débattirent avec animation des avantages et des inconvénients des crocs et de la fourrure et elles finirent par conclure que les crocs étaient plus sexy.

Hailey frappa dans ses mains.

— D'accord, je vais nous lancer sur le premier chapitre. Mais d'abord, Charlotte, comment s'est passé ton dîner-croisière au coucher du soleil ?

Charlotte se figea, surprise par le changement soudain de conversation alors qu'elle avait essayé de s'y préparer. Toutes les femmes se tournèrent vers elle. Le groupe avait récemment grandi, alors cela faisait beaucoup de paires d'yeux : le groupe d'origine, Hailey, Mad, Lauren, Ally et Carrie avait été rejoint par les nouvelles venues Missy, Lexi et Sabrina.

Mad prit la parole.

— Je n'arrive pas à croire que Ty ait réussi une telle danse ! Bon sang, j'aurais aimé le voir.

— Et il a vraiment fait un salto arrière ? demanda Hailey.

— Oh, ça fait des années qu'il fait des saltos arrière, dit Mad. C'est grâce aux muscles de la sangle abdominale. Mais je ne l'ai pas souvent vu danser.

Charlotte sourit.

— C'était incroyable ! Vous comprenez maintenant pourquoi j'ai eu du mal à résister à son invitation ? Il a dansé devant toutes les femmes de mon cours de yoga.

Les femmes poussèrent des soupirs.

— C'est tellement romantique, murmura quelqu'un.

Elle n'avait pas envisagé la chose comme étant romantique, mais plutôt suprêmement sexy. Peut-être était-ce assez romantique, finalement.

— Il pourrait apprendre quelques mouvements à Park, dit Mad d'un air pensif.

Charlotte résista à l'envie de lever les yeux au ciel. *Laisse-la profiter de son amour à l'eau de rose.*

— Alors, comment était le rendez-vous ? insista Hailey. Vas-tu le revoir ?

Charlotte se concentra sur la première question.

— Un peu désastreux. Il se trouve qu'il avait emprunté le yacht, qu'il n'avait pas la moindre idée de comment lire la carte et nous avons fini coincés dans la vase à attendre la marée haute pour que la police vienne nous sauver.

Les femmes s'exclamèrent.

— Vous avez dû être sauvés ? dit quelqu'un.

— Tu étais coincée avec ce type canon ? demanda Ally. Que s'est-il passé ?

Elle agita les sourcils qui disparurent sous sa frange blonde.

— Il ne s'est rien passé, mentit Charlotte. Il s'est comporté en gentleman.

Seul un gentleman lui aurait donné un orgasme aussi fantastique sans rien demander en retour.

— Dommage, dit Mad. Désolée. Mon père a fait gober cette histoire de gentleman à tous mes frères. Je ne croyais pas que cela avait fonctionné sur Ty. En général, il fait ce qu'il veut.

Charlotte but longuement son thé vert, cherchant à faire baisser la chaleur qu'elle sentait monter dans son cou.

— Quoi qu'il en soit, comme nous étions coincés dans la boue, nous avons dû couper le moteur, donc le dîner-croisière s'est fait sans dîner. Il ne pouvait pas cuire les spaghettis…

— Des spaghettis, ha ! s'exclama Mad. J'étais sûre qu'il ne savait pas cuisiner un vrai repas.

— Il avait de bonnes intentions, rétorqua Charlotte.

Elle inspira profondément pour se calmer.

— La sauce des spaghettis était congelée, alors nous n'avons pas pu manger ça.

Elle s'arrêta un instant, remarquant à peine les murmures de compassion, lorsqu'elle se rendit compte qu'elle avait complètement oublié la sauce une fois que l'ambiance s'était réchauffée avec Ty. Elle avait eu une réaction physique inhabituelle avec lui : même le fait d'y penser maintenant la faisait transpirer. Elle regretta un peu de ne pas avoir eu l'occasion de s'amuser davantage toute nue avec lui. Elle n'avait pas…

— Laisse-moi deviner, dit Mad, vous avez croqué des spaghettis crus pour le dîner.

Charlotte termina rapidement son histoire, ne souhaitant pas s'attarder sur Ty et sur ses propres pensées inhabituellement lubriques.

— Nous avons trouvé des bonbons. Je souffre d'hypoglycémie, alors je me suis sentie très fatiguée à cause des variations de sucre dans le sang. J'ai même fait une sieste, et quand je me suis réveillée, la police était là pour nous sauver.

Hailey lui jeta un regard sceptique.

— J'ai l'impression d'avoir raté une partie de l'histoire. Vous avez juste fait la sieste, coincés tous les deux dans l'obscurité sur un yacht pendant des heures ?

Charlotte croisa les jambes et se concentra sur les plis de sa tunique.

— Oui.

Ils avaient fait la sieste après avoir passé du temps tout nu dont ils ne parleraient plus jamais pour différentes raisons obscures et sexy.

— Vas-tu le revoir ? demanda Hailey.

— Je suis plutôt occupée maintenant au travail, dit Charlotte en évitant les yeux de tout le monde. J'essaie de me faire une clientèle pour du travail individuel, et lui aussi est occupé, il retourne bientôt à Los Angeles.

Elle se força à rire.

— C'était un rendez-vous dingue, mais c'est tout. Écoutons le premier chapitre, Hailey.

Hailey, toujours impatiente de leur faire commencer un nouveau livre ensemble, se leva immédiatement avec sa liseuse et se lança dans l'histoire. Charlotte poussa un soupir de soulagement.

Après le club de lecture, elles traversèrent la rue pour aller boire un verre chez Garner's. C'était devenu leur tradition du jeudi soir. Josh était au bar, comme d'habitude. Maintenant que Charlotte avait passé autant de temps avec Ty, elle le voyait également dans son grand frère Josh. Ty était une version plus solide et tatouée de Josh, même si le premier avait une personnalité exubérante et extravertie, alors que Josh était la définition même du type discret. Sauf ce soir, car les yeux de Josh lancèrent des éclairs lorsque Hailey s'approcha du bar.

Charlotte resta près de son amie, car ces deux-là étaient toujours très amusants. Josh avait travaillé en tant qu'escorte de Hailey pour les nombreux mariages qu'elle organisait, et depuis leur dispute, il avait mis du piment très fort dans les nachos de Hailey et n'avait 'plus reçu' les ingrédients du mojito chaque fois qu'elle essayait d'en commander un. Hailey n'était pas du tout innocente non plus, car elle avait lancé la rumeur selon laquelle il était impuissant. Un cessez-le-feu avait été déclaré quelques mois avant à la fête du Nouvel An par Josh lorsqu'il avait enfin accordé le mojito à Hailey, avec tous les ingrédients.

Hailey commanda d'une voix joyeuse :

— Salut, Josh. Je voudrais un mojito, s'il te plaît.

— Il n'y en a plus, dit Josh d'un ton mesuré qui en disait long.

Il était énervé, à sa manière discrète.

Hailey le fixa bêtement.

— Quoi ?

Il se pencha tout près, les paumes posées sur le bar en cerisier sombre, pratiquement nez à nez avec Hailey.

— Il ne reste plus le moindre ingrédient. Même la menthe s'est *flétrie*.

Un murmure parcourut le groupe. Tout le monde savait ce que cela signifiait. Les femmes s'installèrent près de Hailey pour bien voir les feux d'artifice. Elles attendaient toutes ce moment depuis l'été précédent. Il avait fallu dix bons mois à Josh pour apprendre la rumeur d'impuissance. Bien sûr, elles avaient toutes gardé le secret – solidarité féminine oblige – et les femmes dragueuses qui fréquentaient habituellement le bar avaient été particulièrement gentilles avec Josh. Charlotte était impatiente de découvrir qui lui avait parlé.

Hailey écarquilla ses yeux bleu clair en feignant l'innocence.

— Mais tu reçois tous les ingrédients depuis le Nouvel An. Ça fait quatre mois.

Elle inclina la tête avec un gentil sourire en continuant :

— Je croyais que nous nous étions occupés de ce petit problème.

Josh plissa les yeux.

— Il se trouve qu'il est plus *gros* que tu ne le pensais.

Charlotte se retint de rire. Ses amies se turent.

Hailey continua.

— Je vais prendre un chardonnay.

Josh se redressa.

— Y en a plus.

— Alors un pinot gris, dit vaillamment Hailey.

Lorsque Josh ne bougea pas, elle ajouta :

— S'il te plaît.

— Y en a plus non plus, aboya-t-il.

— Sauvignon blanc ?

Il courba la lèvre.

— Plus, plus, plus.

— Que puis-je avoir, alors ?

Il croisa les bras.

— Tu peux avoir un verre d'eau qui risque de contenir mon crachat.

— Josh !

Il se pencha tout près, d'une voix assez féroce pour faire frissonner une femme moins inconsciente.

— Je sais ce que tu as fait.

— Moi ? piailla Hailey.

Il se redressa et il pointa un doigt dans la direction de Hailey.

— Et tu sais comment je l'ai découvert ? Parce que Maggie O'Hare, cette gentille *grand-mère* de plus de soixante-dix ans a pris l'initiative de faire venir une psychologue sexuelle pour me rencontrer aujourd'hui. Et elle n'a pas du tout été discrète !

Tout le monde rit. Oh, si seulement elle avait été présente ! Elle imagina le moment où Josh…

— Ce n'est pas drôle ! aboya Josh en leur jetant un regard sombre qui les fit taire.

Son regard se posa sur Mad, sa sœur.

— Et tu étais au courant tout ce temps ?

Mad s'agita sur son tabouret de bar.

— Oui, mais je ne pouvais pas te le dire. Solidarité féminine.

Elle voulut taper dans la main de Hailey, mais celle-ci secoua la tête, essayant toujours de paraître innocente. Mad se retourna vers Josh et ajouta d'une petite voix :

— C'était juste une plaisanterie.

Josh reporta son attention sur Hailey, et Mad se détendit visiblement.

— Maintenant, tout paraît logique.

Il fit les cent pas derrière le bar.

— J'ai eu très peu de rendez-vous ces derniers… Il s'arrêta et il regarda le plafond avant de fixer Hailey… depuis juillet dernier, quand je n'ai plus reçu tous les ingrédients des mojitos !

Hailey réussit à se retenir de rire, ne révélant rien.

— Et les filles avec lesquelles je suis sorti ont été terriblement gentilles. Je sais maintenant que c'est parce qu'elles avaient pitié de moi.

Hailey jeta les cheveux par-dessus son épaule.

— Vraiment, Josh, si ces femmes avaient eu le moindre bon sens, elles n'auraient pas cru une rumeur idiote…

— Que tu as lancée ! Ne le nie pas !

Hailey continua comme s'il n'avait pas parlé.

— Et elles auraient fini par apprendre à te connaître et par voir que tu es presque normal.

Josh parla en serrant les dents.

— Tu as franchi une limite, princesse. Je me suis demandé pourquoi mes pourboires étaient si élevés alors que je me faisais jeter à droite et à gauche. À cause de toi, je n'ai pas eu de sexe décent depuis des mois.

— Mais tu en as eu, cracha Hailey.

— Du genre tout doux et pourri, aboya Josh.

Hailey fulmina, toute rouge.

— Hé bien ! Je ne sais rien au sujet du sexe pourri. Ça doit être de ta faute.

Josh lui jeta un regard noir.

— Tu ferais mieux de faire attention.

Hailey fit son sourire de reine de beauté en montrant toutes ses dents. Il apparaissait dans des situations de forte pression, c'était un reste de son entraînement aux concours de beauté quand elle était adolescente.

— Je peux réparer ça.

Elle se retourna.

— Votre attention, Mesdames !

Elle reçut toute l'attention de ses amies et de quelques autres groupes éparpillés dans le bar.

— Josh n'est *pas*, je répète, *pas* impuissant. C'était juste une petite – elle rassembla son pouce et son index pour montrer la petite taille – blague.

Malheureusement, on aurait dit qu'elle voulait dire qu'il avait un petit, euh, paquet. Et puis Hailey empira le tout en faisant un gros clin d'œil exagéré.

Des rires et des chuchotements parcoururent le bar. Charlotte se couvrit la bouche en essayant vainement de ne pas faire de bruit en riant.

— Baisse ta main ! aboya Josh en voyant le geste de Hailey. Et pourquoi ce clin d'œil ?

— Afin qu'elles sachent que c'était une plaisanterie, dit joyeusement Hailey.

Soit elle était complètement inconsciente, soit c'était un génie diabolique. Charlotte commençait à soupçonner la deuxième possibilité.

Un muscle sursauta dans la mâchoire de Josh, pourtant il parla d'une voix terriblement calme.

— Non, quand tu dis que je ne suis *pas ça*, et puis que tu fais un clin d'œil, on dirait que je le suis.

Hailey balaya sa remarque de la main.

— Non, gros bêta. Le clin d'œil signifie que c'est une blague. Comme quand tu as dit qu'ils n'avaient pas d'ingrédients pour les mojitos avec un petit clin d'œil étincelant.

— Il n'y a pas de clin d'œil étincelant, grogna-t-il.

Hailey se hissa et se pencha en avant, examinant l'arrière du bar.

— Je suis sûre qu'il y a du mojito...

Josh s'approcha de son visage.

— Tu m'es redevable de sexe enflammé !

Hailey poussa un petit cri et recula si vite qu'elle perdit l'équilibre. Josh bougea à la vitesse de l'éclair, la retenant par ses avant-bras. Ils restèrent ainsi dans cette semi-embrassade, séparés par le bar, à se fixer dans les yeux.

Hailey baissa les paupières.

— Merci, dit-elle doucement.

Josh grogna et relâcha ses bras.

— Tu peux aller boire chez McGinty's à partir de maintenant.

C'était un bar à Eastman, la ville suivante.

Hailey fit un sourire adorable.

— C'est sûrement ce que je ferai.

Puis elle lui fit un gros clin d'œil.

Charlotte éclata de rire. Hailey refusait de quitter le bar de sa ville. C'était l'endroit où elle créait son réseau avec les habitants de la ville pour son travail d'organisatrice de mariages. Peu importe que le barman grognon l'empêche de boire.

Josh marmonna quelques mots bien choisis.

— Tu es là ! tonna une voix masculine.

Les cheveux dans la nuque de Charlotte se dressèrent et elle se tourna lentement. Ty tenait un casque de moto noir sous le bras et il portait une veste en cuir noir, un jean noir et des bottes en cuir noir. On aurait dit un ange vengeur.

— Peux-tu commander un chardonnay pour moi ? chuchota Hailey à Charlotte, mais celle-ci était trop choquée par l'apparition soudaine de Ty pour répondre.

Que faisait-il ici ? Il était censé travailler dans la grande ville. Elle sentit tout son corps se mettre à brûler, chaque nerf en alerte. *Reste calme.*

Le regard de Ty fixa le sien depuis l'autre bout de la pièce. Il marcha vers elle en roulant des mécaniques.

— Tu n'étais pas au club de lecture. Quoi qu'il en soit, j'ai un week-end de trois jours. Allons dans les Bermudes, prendre un peu le soleil et boire des piña coladas sur la plage.

Elle se sentit étourdie. Ce n'était pas seulement à cause de l'invitation scandaleuse et de son apparition soudaine.

Il avait un œil au beurre noir. Elle leva une main tremblante et toucha sa joue.

— Que s'est-il passé ?

— J'ai pris un coup de poing dans une scène de combat. Rien de grave. Ça a dégonflé. Tu aurais dû me voir hier.

Il regarda toutes ses amies qui l'observaient avec intérêt.

— Salut tout le monde.

Il se retourna vers elle.

— Alors ?

Elle secoua la tête.

— Je n'irai pas dans les Bermudes avec toi.

— Moi je veux bien, dirent ses amies, presque en chœur.

Ty leur sourit.

— Merci, Mesdames.

Il se retourna vers elle.

— Et ce steak, alors ?

Il était malin : il commençait par une offre scandaleuse afin que le dîner semble un choix facile en comparaison.

— Ty, non, dit-elle doucement, ne voulant pas le gêner par un rejet public.

Sa blessure, bien que relativement mineure, rappelait qu'il n'était pas un bon parti. Elle envisageait toujours de devenir mère avant de ne plus en avoir le temps, et un cascadeur ne pouvait pas être un père fiable.

Ty se tourna vers ses amies.

— Mesdames, aidez-moi. Dites-lui mes qualités.

Tant pis pour la conversation privée.

— Il est sans-gêne, dit Josh.

— Irréfléchi, ajouta Mad.

— D'accord, quelque chose d'un peu plus positif ? demanda Ty.

Il aperçut Lauren.

— Viens là, je t'ai vue au mariage. C'est Lauren, c'est ça ?

Lauren hocha la tête et avança vers lui. Ty laissa tomber son bras autour de ses épaules. Lauren rougit et fit passer ses longs cheveux châtain derrière ses oreilles.

— Dis-lui, demanda Ty.

Lauren sourit à Charlotte et lui dit gentiment :

— Il aime les happy ends.

Ty tourna brusquement la tête vers Lauren.

— Nous n'avons jamais… elle veut pas dire…

— Et la romance avec l'âme sœur, ajouta Lauren avec un grand sourire. Ty s'est confié à moi au mariage de Claire et Jake.

— Oui, ça, c'est bien, dit Ty. Continue.

— Je ne trouve rien d'autre.

Ty enleva le bras des épaules de Lauren en fronçant les sourcils.

Hailey intervint.

— Il est tatoué et musclé.

Elle se tourna vers Charlotte avant d'ajouter :

— Ça te plaît.

Elle se retourna vers Ty.

— Elle a dit que ça lui plaisait.

— Ooh !

Lauren leva le doigt.

— Je viens de penser à quelque chose. Il peut réorganiser ton mobilier.

Ty regarda Lauren d'un air bizarre.

— D'accord, dit-il lentement. Si c'est ce que tu veux.

— Enlève ton T-shirt et montre-lui tes muscles, l'encouragea Hailey.

Ty posa son casque sur une table près de là et retira sa veste qu'il jeta sur le dos d'une chaise. Il portait un T-shirt bleu marine qui s'étirait sur son énorme torse. La bouche de Charlotte devint toute sèche. Il la regarda dans les yeux en attrapant le bas de son T-shirt.

— Si tu enlèves ce T-shirt, grogna Josh, je te jette dehors pour harcèlement.

Charlotte se tourna brusquement.

— T'as pas intérêt !

Elle se précipita à côté de Ty avant de comprendre que Josh l'avait bien eue. Il n'avait jamais jeté personne dehors et il n'allait certainement pas le faire à son propre frère. Même Hailey restait dans le bar, sans mojito.

Ty baissa la tête et la regarda en souriant.

— Bonjour.

— Pourquoi fais-tu ça ? demanda-t-elle à voix basse.

— Parce que nous sommes liés.

Il tapota sur le bout du nez de Charlotte comme si elle était mignonne. Comme s'il ne se souvenait pas de tous les problèmes qu'elle lui avait avoués.

— Et je veux encore plus de ce lien, sans nous mettre de pression. Je veux juste m'amuser pendant que je suis en ville. Je pars dans deux semaines.

Elle se leva sur la pointe des pieds afin de chuchoter à son oreille et il glissa le bras autour de sa taille, la penchant vers lui. Tout le corps de Charlotte fondit contre le sien, malgré sa détermination à rester éloignée de lui.

— Est-ce parce que tu espères du sexe au deuxième rendez-vous ?

— Tu sais combien de filles superficielles je rencontre ? gronda-t-il. Tu es réelle. Le type de femme que je respecte.

Elle rougit au compliment. Ce n'était pas un 'tu es jolie' ou 'tu es sexy' comme le diraient la plupart des hommes. C'était au sujet du respect et qui elle était à l'intérieur.

— Normalement, je ne partage pas mes problèmes de cette façon, chuchota-t-elle. Il y a eu des circonstances extraordinaires.

Il la relâcha et elle se reposa sur ses deux pieds, calmant ses ardeurs grâce à l'espace qui s'était créé entre eux.

— Ils n'ont pas besoin de moi sur le plateau avant lundi, dit-il. Un week-end de trois jours. Je serai à la maison de mon père à Eastman. On pourrait traîner ensemble.

Il baissa la voix, penchant la tête à côté de son oreille.

— Pas de sexe, sauf si tu veux une autre branlette féminine…

— Compris.

Elle regarda autour d'elle, espérant que personne ne l'ait entendu.

— Tu te sentiras tellement bien, après.

Il sourit.

Elle secoua la tête.

— Très bien, tu as gagn…

— Je gagne toujours.

Ses yeux marron étincelaient d'un humour espiègle gâché seulement par l'œil au beurre noir.

— As-tu été blessé ailleurs ? demanda-t-elle.

— Juste quelques bleus autour des côtes.

Il indiqua son flanc gauche.

Elle se mordit la lèvre en fixant ses côtes couvertes par le T-shirt.

Il lui fit une pichenette sous le menton.

— Hé, si tu es si inquiète, passe du temps avec moi pendant une semaine ou deux et empêche-moi de faire des bêtises.

Elle céda. Ce n'était que pour deux semaines, pas un engagement permanent. Il sourit, semblant deviner le moment où elle changea d'avis.

Elle leva la main, sur le point d'établir quelques règles, lorsqu'il l'attrapa et embrassa sa paume. La chaleur de ce contact et la légère éraflure de sa barbe de trois jours firent remonter un frisson le long de son bras.

— Nous…

Elle s'éclaircit la gorge

—… traînerons ensemble.

— Super.

Il serra sa main et la garda dans la sienne.

— Que fais-tu pour t'amuser les week-ends ?

Elle montra le bar et ses amies.

— Je traîne avec mes copines. Ici ou chez quelqu'un d'autre, et parfois nous sortons dîner.

— Tu veux que je traîne avec tes copines ?

— Tu n'es pas obligé…

— Ça ne me gêne pas. Les femmes m'adorent.

— Oui, eh bien…

— Je plaisante, dit-il en hochant lentement la tête afin d'indiquer que ce n'était pas une plaisanterie.

— Que fais-tu pour t'amuser, toi ? demanda-t-elle.

Il regarda le plafond.

— Voyons voir, quelque chose qui te plairait aussi ?

— N'importe quoi.

Il la regarda droit dans les yeux.

— Faire la fête, partir pour de longs trajets en Harley, jouer au basket avec les autres. Choisis.

— Hmm... je crois qu'il n'y a pas trop de points communs.

— Trop tard pour reculer. Choisis-en un.

— Nous irons dîner.

— C'est tout ?

— La suite reste encore à décider.

Il attrapa son poignet et souleva son bras.

— Elle a dit oui ! tonna-t-il.

Ses amies applaudirent et elle rougit furieusement, alors que ce n'était pas son genre. Bon sang, elle allait devoir s'habituer à la façon dont Ty révélait tout. Mais elle avait découvert qu'elle aimait sa nature franche. C'était rafraîchissant chez un homme. Oui, il jouait à des petits jeux, mais c'était surtout pour s'amuser. Il s'était excusé pour son faux pas et depuis, il avait été adorable avec elle. Elle se sentit prudemment optimiste, prête à un peu d'amusement dans sa vie avant de prendre les grandes décisions.

Vendredi soir, Charlotte n'était plus qu'une boule de nerfs. Ty allait arriver avec le dîner d'une minute à l'autre. Même après l'intimité qu'ils avaient partagée lors de leur premier rendez-vous, ce deuxième *quoi que ce soit* faisait tambouriner son cœur. Il y avait quelque chose d'inattendu et d'adorable chez lui qui la touchait. Elle fit les cent pas dans la maison qu'elle avait récemment nettoyée, puis elle s'assit enfin sur le canapé en fixant la porte. Elle lissa des plis inexistants de son T-shirt vert pâle. Elle espérait que sa tenue – un T-shirt, un jean noir et des bottines – était décontractée. Juste une soirée à la maison avec un merveilleux homme sexy dans une ambiance amicale.

La sonnette retentit et elle bondit sur ses pieds. Dix-neuf heures, pile à l'heure.

Elle inspira profondément afin de se calmer et elle ouvrit la porte. Ty lui fit un sourire, ses yeux marron se plissant dans les coins. Son œil au beurre noir allait un peu mieux.

— Salut, Char, dit-il d'un ton doux et chaleureux.

Soupir d'adoration.

— Salut, souffla-t-elle.

Lui aussi portait une tenue décontractée : un T-shirt blanc, un jean usé et des tennis. Elle dut faire de gros efforts pour ne pas se jeter dans ses bras. Une partie d'elle voulait se sentir enveloppée dans ses bras forts. Ses câlins l'entouraient d'une façon agréable, c'était la meilleure embrassade totale qu'elle ait jamais ressentie.

— Ton dîner, dit-il en lui tendant une grande sacoche marron.

— Entre.

Il fit un pas à l'intérieur et elle fut submergée par son odeur fraîche et boisée de sexe en plein air. Cette eau de Cologne était violemment érotique, ou peut-être était-ce juste Ty ?

— Merci pour l'invitation.

— Pas de souci. Que mangeons-nous ?

— Des sushis.

— J'adore les sushis !

Il sourit.

— J'en étais sûr.

Elle posa la main sur la hanche et lui demanda d'un ton enjoué :

— Comment ça, tu sais tout de moi ?

Elle ferma subitement la bouche en se souvenant que c'était le cas.

Il ne sembla pas remarquer son malaise soudain pendant qu'il s'installait sur son canapé. Il posa le repas sur la table basse ronde en verre.

— Ce que je ne sais pas, je le devine avec perspicacité.

Il leva un doigt.

— C'est un principe de base : nous gardons tous les deux la forme, nous faisons attention à ce que nous mangeons et nous avalons beaucoup de protéines. C'était soit des sushis, soit du steak, mais le steak est vraiment meilleur quand il est fraîchement passé au grill.

Il était tellement décontracté pour tout qu'elle ne put s'empêcher de se détendre. Traîner avec lui, ce n'était rien de grave.

— Ça te va de boire de l'eau ? demanda-t-elle. Je n'ai pas de bière.

— L'eau, c'est parfait. Hé, c'est la deuxième fois que nous nous voyons pour boire un verre d'eau.

Il lui fit un clin d'œil en lui rappelant qu'elle avait seulement proposé de boire un verre d'eau quand il lui avait demandé de sortir pour la première fois.

— Alors, ce sera délicieux, répondit-elle en marchant très vite vers la cuisine avant qu'il puisse la voir rougir.

Quelques minutes plus tard, ils commencèrent le repas.

— Qu'y a-t-il d'autre dans le sac ? demanda-t-elle.

Il était plutôt grand pour seulement deux boîtes de sushis.

— Ce qu'il faut pour faire des martinis, tout à l'heure. Josh m'a dit que c'était ta boisson préférée.

— Oh.

Son cœur accéléra, ce geste inattendu la faisant basculer dans un territoire dangereusement mièvre.

— Comment se passe le travail ?

Le visage de Ty s'illumina lorsqu'il parla de façon animée du film sur lequel il travaillait : un thriller d'es-pionnage. Il était particulièrement excité à l'idée de faire du rappel depuis un gratte-ciel, ce qui filait la frousse à Charlotte rien que d'y penser.

— À quelle hauteur ? demanda-t-elle.

Il mâcha et avala un sushi.

— Très haut. Vingt étages. C'est un rappel de style

militaire, alors le but est d'aller vite. C'est un peu comme de sauter.

Elle frissonna.

— Bien sûr, je porte un harnais et il y a un matelas gonflable de cascadeur au-dessous, au cas où une corde se brise par exemple. C'est comme un gros coussin.

— C'est tout ? Un coussin ?

Cela lui sembla complètement inadapté pour une chute de vingt étages. Ça faisait sans doute soixante mètres. Elle perdit tout son appétit en pensant à Ty tombant vers la rue.

Elle examina son profil pendant un moment. Il était complètement détendu, à l'aise avec les risques qu'il prenait.

— Je ne crois pas pouvoir supporter de regarder ce que tu fais.

Il la regarda.

— On le voit tout le temps dans les films.

— Je n'ai jamais pensé à la personne qui fait réellement toutes ces choses.

Il inclina la tête.

— Les gens n'y pensent jamais. Nous sommes les vrais héros du film.

Il attrapa un autre sushi avec ses baguettes et le posa dans sa bouche.

— Je suppose que j'ai toujours cru qu'une grande partie de ces choses-là n'étaient qu'un jeu de la caméra. Comme un écran vert.

Quand il eut terminé de mâcher, il dit :

— C'est parfois le cas. Mais pas la plupart du temps. Cela dépend du film et du budget. Franchement, c'est mieux si on peut le rendre aussi réaliste que possible.

Comme dans mon dernier film, où j'ai marché à travers le feu.

Elle attrapa son bras.

— Non !

Toute cette peau dorée magnifique.

— Oui. Et c'est fabuleux dans le film.

— Tu as eu mal ?

— Ce n'est pas confortable. Nous portons cette couche de protection sous nos vêtements et puis il y a cette merde gluante qu'ils vous mettent dessus. Et puis pouf ! Des flammes. On chancelle jusqu'à la marque. Arrêt, chute et roulade. Ensuite on t'asperge avec des extincteurs.

Elle se sentit mal.

— Comment peux-tu faire ça ? As-tu envie de mourir ?

Il leva une épaule massive.

— Ce sont des risques calculés. Mon entreprise est la meilleure. Aucun décès en vingt ans…

— Je ne crois pas vouloir en savoir plus.

Charlotte déglutit, la poitrine serrée d'anxiété.

— Nous sommes tous très bien entraînés. Je commence même à entraîner quelques nouveaux.

— Certains des cascadeurs sont-ils mariés ?

Il leva un sourcil.

— Un seul. Pourquoi ?

Elle fixa son repas, le tripotant avec ses baguettes, pensant à la femme de ce cascadeur. Comment cette femme pouvait-elle se permettre d'aimer quelqu'un qui risquait de mourir ? Qui prenait volontairement des risques mortels tous les jours, juste pour un film ? Calme-toi. Tu ne vas pas épouser Ty, tu traînes juste avec lui.

Ty poursuivit.

— Le mieux, ce sont les scènes de combat. Les scènes de course-poursuite arrivent en deuxième. J'adore les voitures. Les motos aussi. Une fois, j'ai conduit une moto en passant sur le toit d'une voiture qui se dirigeait vers moi.

Elle retint son souffle et il continua à parler avec un enthousiasme grandissant.

— Une autre fois, j'ai sauté d'un pont sur une voiture en mouvement, sans moto cette fois-là, et j'ai couru dessus.

Elle ferma les yeux sur ces images terrifiantes.

— Ty. C'est effrayant de penser que tu fais ce genre de choses.

Il rit.

— Content de savoir que tu te soucies de moi. Ne t'inquiète pas. Je suis rapide. Ce qui me fait peur, c'est l'idée d'un travail de bureau. Je crois que j'en mourrais d'ennui.

— Je ne crois pas que quelqu'un soit déjà mort d'ennui.

— La sécurité est bien trop surestimée.

Il posa ses baguettes et il se tourna vers elle.

— Tu as pris un risque en traînant encore avec moi et maintenant nous partageons de la nourriture et nous passons un bon moment.

— Tu passes vraiment un bon moment ?

Elle avait cru que rester à la maison lui aurait paru un peu fade.

Il lui fit un sourire tendre.

— Tout le temps que je passe avec toi est un bon moment.

Elle cligna des paupières, un peu surprise par sa franchise.

— Waouh.

— Quoi ?

— Rien.

— Je suis sincère.

— Pardon. Je n'y suis pas habituée.

Il grommela.

— Vaut mieux que tu t'y habitues.

Elle ne répondit pas, terminant son repas, car son appétit était revenu. Elle n'était pas habituée à un type comme Ty. Il s'insinuait en elle, lui donnant l'impression d'être vulnérable et pourtant aussi étrangement heureuse. Elle était contente qu'ils aient décidé de traîner ensemble et ravie qu'il existe une limite temporelle avec son retour à Los Angeles. Elle pouvait profiter de lui sans trop s'enfoncer.

Ils terminèrent le dîner et Ty se leva.

— Je vais faire la vaisselle.

Il rassembla les contenants vides et il se dirigea vers la cuisine où il les jeta à la poubelle.

Elle le suivit.

— Que veux-tu faire maintenant ?

— Nous n'avons jamais dansé ensemble. Repoussons un peu les meubles, mettons de la bonne musique et dansons.

Elle resta bouche bée.

— Pour de vrai ?

Il ferma la poubelle et se tourna vers elle.

— Tu préfères aller en boîte ? Je sais que tu adores danser.

Elle passa une main dans ses cheveux.

— Nous pourrions le faire ici.

Elle rougit.

— Je veux dire, danser ici.

— Alors nous le ferons ici.

Il lui fit un petit sourire entendu et sexy.

Elle ne put s'empêcher de sourire. Le délicieux sentiment de papillons dans le ventre était revenu : le désir, l'excitation et l'anxiété se mélangeaient.

Et puis il commença à réorganiser ses meubles, faisant travailler ses muscles puissants.

Elle le regarda avec amusement.

— Lauren a dit que tu serais pratique pour réorganiser les meubles.

Il lui fit un grand sourire.

— Je suis doué de mes mains.

— Tu m'étonnes.

Il la regarda dans les yeux.

— Je crois que tu sais.

La chaleur s'accumula entre ses jambes. Oui, elle savait.

— Je croyais que nous nous contentions de passer du temps ensemble aujourd'hui, dit-elle avec difficulté.

— Bien sûr, dit-il nonchalamment.

— Alors pourquoi n'arrêtes-tu pas de me rappeler…

— Ton orgasme tant attendu ?

— J'allais dire ce qui est arrivé sur le bateau.

Elle agita la main.

— Pouvons-nous ne pas en parler ?

Il souleva la table basse et la posa près du canapé contre le mur.

— C'est toi qui as abordé le sujet.

— Non, tu as dit être doué de tes mains avec une tonne de sous-entendus.

Il finit de pousser tous les meubles et il enroula le tapis.

— Je suis doué de mes mains, dit-il en montrant son travail. Nous avons une piste de danse, maintenant. Joli parquet, d'ailleurs. Mets ta musique préférée et voyons ce que tu sais faire.

Elle se sentit soudain timide. C'était très étrange d'être gênée de danser, mais elle dansait en général dans un endroit où c'était attendu : un mariage ou en boîte. Pas à la maison avec un homme qui en savait trop et qui la regardait.

— De préférence quelque chose de ce siècle, ajouta-t-il en enlevant ses chaussures.

Il courut et fit une glissade en chaussettes sur le parquet.

— Quoi, tu veux dire que je suis vieux jeu ?

Il fit quelques tourniquets des bras.

— Peut-être bien. J'ai vu ta playlist.

— Ce n'est pas parce qu'une chanson est vieille qu'elle n'est pas bonne, grommela-t-elle en se dirigeant vers son enceinte et en appuyant le bouton sur son iPod à la recherche de la playlist d'entraînement : il s'agissait de musiques rythmées entendues en boîte de nuit.

Ty commença à agiter la tête en rythme avec la musique.

— Trémousse-toi, bébé.

— Je ne me trémousse pas. Je danse.

Il agita les doigts pour qu'elle le rejoigne, dansant un peu sur place avec un regard aguicheur. Pour une raison étrange, elle se sentit figée sur place. Comme si danser signifiait davantage que danser. Cet homme était en train de lui lancer une espèce de sort.

Les lumières s'éteignirent avant de se rallumer. Oh merde. Pas l'électricité. Elle ne voulait pas être coincée une deuxième fois dans l'obscurité avec Ty. Il ne pleuvait pas, mais parfois le vent coupait l'électricité.

— Tu sembles terrifiée, dit Ty en riant. Que penses-tu qu'il arrivera si nous sommes plongés dans le noir ? Tu m'as déjà dit tous tes secrets.

— Tu as promis que nous n'en parlerions plus.

— C'est vrai. Mais il n'y a que nous.

Il s'avança vers elle et il lui prit la main. Puis il monta le son de la musique, la conduisit au centre de la pièce et éteignit les plafonniers afin qu'il n'y ait que la lumière douce dans un coin. Il lui reprit la main et la fit tourner lentement sur elle-même, pas du tout en rythme avec la musique qui résonnait dans la pièce. Son cœur battait à toute vitesse. Il fallait qu'elle se débarrasse de son excès d'énergie angoissée.

— Nous bougeons trop lentement, dit-elle.

Il s'avança dans son espace, dansant plus vite désormais, lui souriant et ne paraissant pas le moins du monde troublé par le passé ou le présent compliqués de Charlotte. En fait, quand il la regardait de cette façon, elle se sentait légère et insouciante.

Elle leva les bras au-dessus de la tête et se mit à danser.

— Allez, Char, allez, Char.

Il l'encouragea avec humour et elle se lâcha complètement, profitant du moment. Étonnamment, il maintint le rythme, la soulevant même d'un beau geste arrondi. Bon sang, ils auraient pu se rendre à *Danse avec les stars*. Elle gloussa en imaginant les titres : *Les danseurs du salon remportent la victoire !*

Elle se perdit dans la danse. Chanson après chanson, Ty et elle découvrirent comment bouger ensemble. Ils éclataient parfois de rire en se heurtant et ils se lancèrent des regards de braise lorsqu'ils se sentaient atteints par la soudaine intensité de la façon dont leurs corps bougeaient.

Sa playlist s'arrêta au bout d'une heure et le silence qui suivit fut surprenant. Il fallut un moment pour que ses oreilles s'y habituent. Elle enleva les cheveux mouillés de son visage et elle lui sourit.

— C'était un sacré échauffement.

Il sourit.

— Tu es meilleure danseuse que moi, mais c'était amusant.

Elle lui donna un coup de hanche.

— Tu t'es plutôt bien débrouillé. Il n'y a pas beaucoup d'hommes qui savent vraiment danser.

Il l'attira contre lui et embrassa sa tempe.

— Prête à boire un coup ?

— Oui, je vais aller nous chercher de l'eau.

— Cool. J'attrape le martini.

Il souleva son T-shirt et essuya la sueur de son visage. Ses abdos donnaient terriblement envie de les lécher. Elle aperçut quelques bleus sur son flanc gauche et elle détourna rapidement la tête.

Elle prit deux verres d'eau et elle revint dans le salon où elle s'arrêta pour regarder l'incroyable spectacle de 'Ty Bouge des Meubles'. Elle admira l'ondulation des muscles de ses épaules, de ses biceps, même de ses avant-bras remettant tous les meubles en place. Tu vois, il va bien, se rassura-t-elle. Ses bleus ne semblaient pas du tout le gêner.

— Merci, dit-elle.

— Pas de souci.

Il termina, s'assit sur le canapé et fouilla dans le sac.

— Tiens, bois un coup.

Elle lui tendit le verre.

Il le but d'une traite, le lui rendant quelques instants plus tard.

— Merci.

— Avec plaisir, murmura-t-elle en buvant une longue gorgée d'eau.

Il mélangea les ingrédients dans un shaker à martini, le

secoua et versa deux verres. Il avait même apporté des verres à martini en plastique.

— Tu penses à tout, dit-elle.

— Attends, dit-il en attrapant une petite boîte de cure-dents et une autre petite boîte d'olives vertes. Maintenant, j'ai tout.

Il disposa les olives dans les verres.

— Cul sec.

Elle prit un verre et but une petite gorgée.

— C'est bon.

Il but à son tour et fit une grimace.

— Tu aimes ça ?

Elle ne put s'empêcher de rire.

— Tu as fait du bon travail.

Il tira la langue et posa son verre.

— J'apporte de la bière, la prochaine fois.

— D'accord.

Elle but sa boisson, heureuse et détendue. Les endorphines de leur séance de danse devaient faire leur effet.

Le temps passait à toute vitesse pendant qu'ils discutaient. Ty lui parla de sa maison à Los Angeles et à quel point il aimait son travail, même si le fait de traîner avec ses frères et ses frères honoraires lui manquait. Elle avait du mal à le comprendre, car elle était fille unique. Mais pour lui, ses frères étaient comme une partie de lui et au bout d'un moment il avait besoin de les voir, sinon il ne se sentait vraiment pas bien. Il confia que sa crétine de sœur insolente lui manquait tout particulièrement.

— Ne le dis pas à Mad, confia Ty, mais elle est ma préférée. Forte et féroce. On est obligé de respecter une ceinture noire de quatrième niveau.

Elle sourit, attendrie par cet aveu adorable.

— Effectivement.

Elle repensa à la façon dont Ty taquinait Mad, mais il la câlinait aussi avec enthousiasme et il lui ébouriffait les cheveux. Elle savait qu'il veillait sur elle à la façon d'un grand frère.

Il se fit tard et elle ne put retenir un bâillement. Elle avait travaillé toute la journée, donnant quelques cours de Zumba et travaillant avec ses clients privés. Sans parler de la danse dans son salon.

— Tu es fatiguée, dit Ty. Je vais partir.

— Tu peux rester, si tu veux, lâcha-t-elle.

Elle n'était pas tout à fait prête à dire au revoir.

Il la regarda longuement, sembla prendre une décision, puis rangea les affaires pour le martini.

— C'était super, dit-il en se levant. Merci de m'avoir accueilli.

— Tu pars ? Pour de vrai ?

— Pour de vrai. Je te l'ai dit, pas de pression, on traîne juste ensemble. Tu veux venir à mon match de basket avec les garçons, demain ?

— Pour te regarder jouer, tu veux dire ?

Il rangea le sac sous son bras.

— Tu peux regarder, ou tu peux jouer. Je ferais attention à ce que personne ne te percute.

— Je vais me contenter de regarder.

Elle n'était pas très douée pour le basket et l'idée de jouer avec un tas de types agressifs et en sueur ne lui donnait pas très envie.

— Super. Je passe te prendre à midi. On joue dans le parc pas loin d'ici.

— D'accord.

Elle se leva et elle l'accompagna jusqu'à la porte d'entrée.

— Merci pour le dîner et tout.

Il inclina la tête, l'embrassa sur la joue et dit d'une voix grave :

— Avec plaisir.

Elle eut un frisson brûlant, posa les mains sur ses biceps, ferma les yeux et inclina la tête pour un baiser…

Rien.

Elle ouvrit les yeux. Il lui fit un sourire rapide avant de partir.

Elle n'arrivait pas vraiment à le croire. Pas de baiser d'au revoir sensuel ?

Il n'en avait pas non plus profité pendant qu'ils dansaient.

C'était étrange.

Sérieusement étrange. Après le bateau et son orgasme et alors qu'elle était entièrement nue et qu'il ne portait qu'une serviette. C'était presque galant. Oh mon Dieu, c'était un gentleman ! Son éducation venait de prendre le dessus. Mais pourquoi à ce moment-là et pas avant ? Ne lui plaisait-elle pas maintenant qu'il en savait tant, ou était-ce le contraire, était-il si attiré par elle qu'il voulait la traiter d'une façon très spéciale ?

Elle soupira et croisa les bras. Elle ne se souvenait pas de s'être un jour sentie aussi bien et pourtant aussi insatisfaite. C'était peut-être son jeu. Il la poussait à le désirer de sorte qu'elle fasse le premier pas. *Bien joué, Ty.* Si c'était le cas, cela fonctionnait. Il lui tardait de le revoir et de le toucher encore peau contre peau. Et cette pensée fut accompagnée par la décision immédiate d'attendre avant de s'engager sur le chemin de la mère célibataire par donneur de sperme. Elle avait clairement envie de s'amuser un peu dans sa vie et ce serait bien de le faire avant de prendre la décision d'avoir un bébé. Un délai d'un mois ou deux ne ferait pas de mal. Puis, la tête claire et sans regrets, elle pourrait planifier son avenir.

Elle se rendit à la salle de bains, sortit les pilules contraceptives au sujet desquelles elle avait été indécise pendant quelques mois, et elle en prit une.

11

Charlotte fut ridiculement heureuse que Ty soit parfaitement à l'heure le lendemain. Cela donnait l'impression qu'il était fiable. C'était rare, particulièrement avec les hommes qu'elle fréquentait d'habitude. Il portait un T-shirt noir et un short de basket noir avec des baskets rouges montantes.

— Prête ? lui demanda-t-il sur le seuil de la porte.

— Prête.

Elle se leva sur la pointe des pieds et elle posa un baiser sur sa joue rugueuse.

Il sourit.

— C'était pourquoi, ça ?

— Je suppose que je suis simplement contente de te voir.

— Je te manquais déjà ? C'est vrai que notre rendez-vous d'hier était assez incroyable.

Il se tourna et il descendit l'allée en roulant des mécaniques.

— Je croyais que nous avions simplement traîné ensemble, dit-elle en verrouillant la porte.

— C'est ce que j'ai dit.

Elle sourit intérieurement, se tourna et s'arrêta net en voyant la Harley dans son allée.

— Tu es déjà montée ? demanda-t-il.

— Non. Où est ta voiture ?

— La Mustang était à Park, il me l'a prêtée pour un seul jour. Je garde ma vieille Harley ici pour me déplacer quand je suis en ville. Tu ne l'as pas remarquée, hier ?

Elle secoua la tête. Elle avait été trop troublée par leur moment ensemble, par leur pseudo rendez-vous fabuleux pour la remarquer.

— C'est un trajet court et facile, dit-il. Crois-moi, je maîtrise tout. Je les pousse jusqu'à l'extrême limite dans mes cascades.

Elle sentit son cœur rater un battement, s'inquiétant encore une fois de son corps magnifique écrasé sur le trottoir. Elle eut soudain le tournis.

Ty glissa un bras autour de sa taille.

— Ça va ? Tu as l'air pâle.

Elle inspira profondément.

— Chaque fois que tu me dis ce que tu fais dans la vie, je me sens mal.

Il l'embrassa sur la tempe.

— Ooh, tu t'inquiètes pour moi. Tu es adorable.

Personne ne l'avait jamais traitée d'adorable.

— Je n'essaie pas de l'être.

— Tu l'es naturellement. Prête à faire de la moto ?

Elle se mit à transpirer.

— Vas-tu faire quoi que ce soit de risqué ?

Il posa les mains de chaque côté de son visage et il la regarda dans les yeux.

— Avec toi, jamais.

Elle eut le souffle coupé par l'intensité de son regard, mais elle le crut.

— D'accord.

Elle le suivit jusqu'à la moto. Il posa un casque sur sa tête et s'assura qu'il était bien attaché.

— Adorable, affirma-t-il.

Il passa une jambe par-dessus la moto, s'assit et lui fit signe du pouce de faire la même chose.

— Utilise les repose-pieds et garde les pieds dessus.

— Compris.

Elle monta derrière lui, le serrant immédiatement autour de la taille. La chaleur solide de son grand dos calma ses nerfs. Le siège était confortable et assez large pour deux.

— Ne te penche pas du côté opposé au virage, dit-il par-dessus son épaule. Détends-toi et suis ce que je fais.

— D'accord.

Il démarra et tourna doucement hors de son allée. C'était une belle journée de printemps et la brise légère était pleine de promesses. Au bout de quelques minutes, Charlotte se surprit à être complètement détendue. Entre la chaleur de Ty et les vibrations entre ses jambes, le trajet se passait *très* bien.

Dix minutes plus tard seulement, il s'engagea dans la longue allée du parc. Quelques virages de plus, puis il se gara. Elle descendit de la moto et il suivit, retirant son casque en se tournant vers elle.

— Comment c'était? demanda-t-il d'une voix sensuelle.

— C'était incroyable, rétorqua-t-elle de façon aguichante.

Il sourit et il tendit le bras pour prendre son casque.

Quand il les eut attachés à la moto, il prit la main de Charlotte et il se dirigea vers le terrain de basket.

— Je suis certain que tu as déjà rencontré tout le monde au mariage de Claire et Jake, mais juste au cas où, voici un récapitulatif rapide.

Il montra le terrain, où trois hommes s'entraînaient déjà au tir.

— Ça, c'est Marcus : il est toujours là le premier, alors qu'il a le plus long trajet. Il vit à Manhattan. Il nous aime à ce point. Voilà Logan, tu connais Josh. Ils ne sont pas encore là, mais tout à l'heure tu verras Park, Mad, Alex et Ethan.

— C'est bien que Mad puisse tenir le rythme avec vous, dit-elle. Parce qu'elle est si petite, je veux dire.

Mad ne faisait qu'un mètre soixante-deux.

— Tu plaisantes ? C'est une des meilleures sur le terrain. Ce qu'elle n'a pas en hauteur, elle le compense par sa vitesse et les prises de balle vicieuses. Et puis, elle joue depuis qu'elle sait tenir un ballon.

— Tous ceux que tu appelles tes frères sont là ?

— Il y a aussi Jake, bien sûr.

C'était le jumeau de Josh. Il était avec sa femme, Claire, à son dernier lieu de tournage.

— Tu sais qu'il est entré en affaires avec la société de production de Claire ?

Claire Jordan était une star de cinéma importante et autrefois membre du club de lecture. Jake avait aidé au marketing pour l'entreprise de Claire.

— Tu veux dire qu'il va produire un film ? demanda-t-elle.

— Il y réfléchit. Il envisage aussi de proposer quelques émissions de télé.

— C'est vraiment cool !

— Oui, nous verrons. Ça dépend de ce qu'il invente.

Il s'arrêta au bord du terrain et il regarda les autres.

— Ben devait travailler. Zach jouait, lui aussi, mais il n'est pas joignable dans le no man's land.

— Tu veux dire en prison ? chuchota-t-elle.

Ty tourna brusquement la tête vers elle.

— Ty ! appela Josh en levant la main. Salut, Charlotte, tu joues ?

— Non, je regarde. Merci pour le martini. Ty m'a dit que c'était ta suggestion.

Josh dribbla la balle entre ses jambes.

— Il fallait bien que je lui donne un petit avantage, étant donné comment tu le rejetais.

— As-tu envisagé qu'il pouvait y avoir une raison à cela ? demanda-t-elle.

Josh se redressa et prit le ballon sous un bras.

— Ça ne m'a jamais traversé l'esprit.

— Mais elle m'adore, maintenant, se vanta Ty d'une voix assez forte pour que le parc entier l'entende.

Avant qu'elle puisse rétorquer que c'était peut-être l'inverse, il avait disparu et il donnait une grosse accolade virile à Josh avec des tapes dans le dos.

Ty vola la balle à Josh, fit trois énormes pas vers le panier et hop !

— Impressionnant, dit-elle.

Ty la montra du doigt.

— C'était pour toi, bébé.

Charlotte rougit.

— Merci ?

— Crâneur, dit Josh.

— Je vais m'asseoir là-bas, dit-elle en montrant les gradins.

Oui, elle n'allait certainement pas jouer avec des types

qui se débrouillaient aussi bien. Elle ne ferait que les ennuyer. Elle n'avait même pas essayé de jouer depuis le sport obligatoire au lycée.

Les autres arrivèrent un par un, déposant leurs bouteilles d'eau ou leurs gourdes sur les gradins. Ils furent étonnamment synchronisés pour s'échauffer. Peut-être faisaient-ils un échauffement qu'ils connaissaient tous ? Elle les observa en essayant encore une fois de se souvenir de chacun. Les Campbell se ressemblaient beaucoup, avec des cheveux bruns, les yeux marron et une carrure musclée et sportive. Seul Logan avait les cheveux châtain. Oh, il manquait Alex. C'était un père célibataire avec une petite de deux ans. C'était une bonne raison de retard.

Ty s'arrêta près des gradins et il attrapa la bouteille d'eau de quelqu'un d'autre. Elle savait qu'il n'en avait pas pris. Il but une longue gorgée.

— Comment ça va ? Tu ne t'ennuies pas trop ?

— Ça va très bien.

— Tu es sûre de ne pas vouloir jouer ? C'est toujours plus amusant de se joindre à l'action que de rester assise au bord.

— Ça va.

— Si Alex ne vient pas bientôt, nous aurons peut-être besoin de toi pour équilibrer les équipes. Ne t'inquiète pas, je te couvrirai.

Elle ne savait pas du tout comment il pouvait la couvrir – la plupart des garçons jouaient agressivement, voulant gagner à tout prix – et elle espéra avec ferveur qu'Alex arrive à temps. Au moins, elle portait un jean et des tennis, même si elle ne voulait pas transpirer dans son joli chemisier brodé.

Ty se tourna.

— Hé, tu es enfin là !

Alex arriva avec une poussette dans laquelle se trouvait sa fille, Vivian. Quand ils s'approchèrent, Charlotte se rendit compte que Vivian était endormie.

— Pardon pour le retard. La nounou a démissionné.

— Encore ? demanda-t-il.

— Je sais, dit Alex d'un ton las. Bref, je suis juste passé pour vous regarder un peu et puis je repartirai. Je ne veux pas la laisser toute seule.

— Je peux la surveiller, dit Charlotte. Ce n'est pas un problème. Je suis juste assise là, de toute façon.

— Tu ferais ça ? dit Alex dont le visage passa de la lassitude à l'espoir. Merci. Si elle se réveille, dis-lui juste que papa est là-bas en train de jouer au ballon.

— Tu crois qu'elle se souvient de moi au mariage ? demanda Charlotte.

Cela faisait presque quatre mois.

— Je n'en suis pas certain, répondit Alex. C'est pour cela qu'il faut tout de suite me montrer du doigt. Elle sera énervée si elle ne me voit pas immédiatement.

— D'accord.

Il fouilla dans une sacoche à l'arrière de la poussette.

— Voici son gobelet et des Cheerios.

— Compris.

— Viv sera en de bonnes mains, dit Ty en passant un bras autour des épaules d'Alex. Char adore les enfants.

Elle sursauta en entendant cette remarque. Ils se rendirent sur le terrain.

Ce n'était pas comme si Ty l'avait un jour vue avec des enfants. Elle avait seulement fait du baby-sitting de quelques maternelles quand elle était au lycée. Un bébé, c'était un fantasme éloigné. Comment savoir si elle était douée ? Elle regarda Vivian qui dormait paisiblement avec une petite couverture bleu clair aux bords usés contre sa joue. Une autre couverture jaune couvrait le reste de son corps. Elle avait les joues roses, les lèvres légèrement ouvertes, et ses cheveux châtain étaient plus longs que la dernière fois que Charlotte l'avait vue. Elle avait maintenant les cheveux ondulés, les boucles de bébé s'estompant déjà. Charlotte sentit son cœur se serrer. Vivian ressemblait à un ange.

Quelques minutes plus tard, Park et Mad apparurent. Charlotte les salua rapidement. Aucun d'entre eux ne sembla surpris de la voir. Tout le monde était enfin là et le match commença. Mais Charlotte le vit à peine. À la place, elle garda un œil attentif sur Vivian au cas où elle se réveillerait.

Dès qu'elle ouvrit les yeux, Charlotte se pencha vers elle et chuchota :

— Ton papa joue au ballon là-bas, montra-t-elle.

La petite-fille fit la tête comme si elle allait pleurer.

— Tu le vois ?

Elle tourna rapidement la poussette afin qu'elle y voie mieux.

— Ils jouent au ballon avec tes oncles et ta tante.

Vivian se redressa lentement et elle regarda autour d'elle.

— Tu veux ta tasse et un goûter ?

Vivian hocha la tête. Charlotte les lui tendit. La petite fille but, laissa tomber la tasse dans sa poussette et retira facilement le couvercle de la boîte en plastique. Charlotte se détendit. Cela n'allait pas être très difficile. Cinq minutes plus tard, les Cheerios avaient disparu et Vivian lui tendit les boîtes vides. Facile. Quelle petite fille indépendante.

Puis elle essaya de sortir de la poussette.

— Attends ! Je vais t'aider.

Charlotte retira les couvertures et elle vit qu'il y avait une petite sangle. Elle la détacha et souleva Vivian hors de la poussette. Ses petites mains s'emmêlèrent dans les cheveux de Charlotte en tirant un peu, mais elle ne lui en tint pas rigueur.

— Balançoire, dit Vivian.

Charlotte regarda autour d'elle et aperçut un terrain de jeux au loin.

— Laisse-moi voir avec ton père.

— Balançoire !

— Laisse-moi juste demander à ton père.

— BALANÇOIRE !

La petite avait de sacrés poumons. Et une ténacité que Charlotte pensait être un gène des Campbell. Elle s'arrêta au bord du terrain avec Vivian dans les bras et agita la main en direction d'Alex.

— Temps mort, dit Alex en courant vers elle, dégoulinant de sueur.

— Salut ma puce.

Il embrassa la joue de Vivian.

— Tu te souviens de Charlotte ? C'est une amie de tante Mad. Et d'oncle Ty, aussi.

Il fit un clin d'œil à Charlotte.

Vivian s'en moquait complètement.

— Balançoire.

— Est-ce que je peux l'y emmener ? demanda Charlotte.

— Si ça ne t'ennuie pas, dit Alex. Mais ne tourne pas le dos une seconde, elle est rapide et intrépide.

— Compris.

— Tu n'es pas obligée de la porter, dit-il en ébouriffant

les cheveux de Vivian. Tu es une grande fille maintenant, n'est-ce pas, Viv ? Ma grande fille forte.

Il tendit le poing et Vivian le toucha avec son petit poing.

— Fille forte.

Charlotte sourit, aimant cette idée. Leur apprendre tôt à être des dures. Pas étonnant que Mad soit une femme aussi forte et sûre d'elle. Elle avait sans doute été élevée de cette façon, la seule fille dans une maisonnée de grands frères avec son père.

Alex fit signe à Charlotte de poser Viv.

Charlotte la fit descendre et la petite fille partit à toute vitesse en direction du terrain de jeux. Bon sang, elle était rapide pour quelqu'un avec de si petites jambes. Charlotte lui courut après.

Ty fit une courte pause pour boire après la première moitié du match et il aperçut Charlotte qui jouait avec Viv au terrain de jeux. Sa nièce criait de joie pendant que Charlotte la poursuivait autour du toboggan avant de se tourner brutalement, affichant un air surpris en voyant Viv derrière elle. Viv éclatait de rire, pliée en deux. Il les regarda faire quelques tours, fasciné par cette scène magnifique. Charlotte était naturellement douée.

— Allô la Lune ? Ici la Terre ! tonna Park depuis le terrain de basket.

Ty secoua la tête, leva une main et retourna au jeu.

Son frère plus jeune de deux ans, Logan, lui donna un coup de coude.

— Tu vois, c'est pour cela qu'il ne faut jamais emmener une femme à ton match. Maintenant, t'es nul.

Ty lui donna un coup de coude à son tour.

— Je ne suis pas nul. Prépare-toi à perdre.

Alex et Logan firent l'entre-deux et ils disputèrent la deuxième mi-temps, mais Ty ne parvenait pas à rester concentré sur le jeu. Son regard était sans cesse attiré vers Charlotte et Viv qui s'amusaient si bien ensemble. Son équipe perdit et ils dirent tous que c'était de sa faute. Il s'en moquait, ce qui ne lui ressemblait pas.

— On gagnera la prochaine fois, dit-il en essuyant la sueur de son visage avec le bas de son T-shirt.

Il sortit du terrain. Charlotte et Viv se dirigèrent tout droit vers lui en se tenant par la main, souriant toutes les deux.

C'est la femme que je vais épouser.

Cette pensée le secoua violemment. Il détourna rapidement les yeux. *Ho, doucement.*

Alex apparut à ses côtés. Un instant plus tard, Charlotte et Viv furent devant eux, toujours main dans la main, apparemment heureuses de s'être trouvées. Ty eut le cœur serré en les voyant aussi ravies, cette femme qui avait envie d'avoir un enfant et sa nièce orpheline de mère. Il se concentra sur Alex à la place.

Alex souleva Viv.

— Tu t'es amusée ?

Elle hocha la tête et il se tourna vers Charlotte pour avoir sa confirmation.

Charlotte sourit.

— Nous avons beaucoup ri. Elle est très rusée. Elle n'a pas arrêté de me surprendre.

Viv tendit les bras vers Charlotte et Alex la lui passa. Viv serra ses petits bras autour du cou de Charlotte.

La petite recula et tapota la joue de Charlotte.

— Tu viens à la maison ?

— Pas cette fois, dit Alex. Nous avons des choses à faire.

— La prochaine fois, dit Charlotte.

Viv attrapa les longs cheveux de Charlotte des deux mains, soulevant des boucles et les regardant tomber. Charlotte avait de beaux cheveux, ils étaient longs et soyeux. Viv n'avait sans doute pas l'habitude de voir de longs cheveux, n'ayant que ceux de Mad avec lesquels elle pouvait jouer, qui atteignaient à peine ses épaules. Viv n'avait jamais connu sa mère. Tammy était morte pendant la césarienne, en accouchant.

Charlotte dégagea les doigts de Viv de ses cheveux et la rendit à Alex.

— À plus, dit Alex. Encore merci, Charlotte.

— Aucun problème.

Charlotte sourit en les regardant partir. Elle se tourna enfin vers lui.

— Tu t'es amusé ?

Il ne put pas parler pendant un moment, la poitrine serrée par l'énormité de tout ce qu'il ressentait. Il ne pouvait pas déjà s'agir d'amour. Ils ne se connaissaient que depuis quelques semaines. Il n'était tombé amoureux qu'une seule fois avant et il s'était fait avoir. Son ex s'était servie de lui pour obtenir un rendez-vous avec un réalisateur, faisant poireauter Ty pendant des mois, jouant sur le long terme pour une opportunité de carrière. Ce qu'il ressentait pour son ex, même au début, était insignifiant par rapport à ce qu'il ressentait maintenant pour Charlotte.

S'il avait le moindre instinct de conservation, il allait la déposer chez elle sans un regard en arrière.

— Ça va ? demanda Charlotte.

C'était fou.

— Ouais, marmonna-t-il.

Elle examina son œil au beurre noir et jeta un coup d'œil à ses côtes du côté gauche, recouvertes par son T-shirt, se souvenant apparemment des endroits où il avait été blessé.

— Tu es sûr ? demanda-t-elle doucement.

L'espoir, chose dangereuse, remplit son cœur.

— J'en suis sûre.

Il l'embrassa, incapable de résister avant de se souvenir un peu tard qu'il était trempé de sueur.

— Je devrais rentrer me doucher. Veux-tu que l'on se voie pour dîner ce soir ?

Il était clair qu'il n'avait aucun instinct de conservation.

— Pourquoi pas cet après-midi ? demanda-t-elle et il tomba un peu plus amoureux.

Elle voulait passer tout son temps avec lui. Les choses s'emballaient.

— Je croyais que nous traînions ensemble ce week-end.

Il ne put s'empêcher de sourire. Un gros sourire.

— Tu veux déjà me revoir si vite ?

— Tu n'es en ville que pendant deux semaines, alors je me dis qu'il ne faut pas perdre de temps.

Il l'embrassa sur le bout du nez avant de dire :

— Tu es trop adorable.

Elle secoua la tête en essayant de le nier. Il ne la crut pas, mais il ne la contredit pas. À la place, il dit au revoir aux autres et se dirigea vers sa moto, pressé de traîner tout seul avec Charlotte.

— Tu as été vraiment douée avec Viv, dit-il en entrelaçant ses doigts avec les siens. Elle s'est éclatée.

Elle devint sérieuse.

— J'ai passé un bon moment.

Il n'était pas quelqu'un de très intuitif, mais étant donné ce que Char lui avait dit avant, il savait qu'elle s'inquiétait d'avoir des enfants.

— Tu sais, mon père a été tuteur de beaucoup d'enfants et ils faisaient vraiment partie de la famille. Pas besoin qu'ils soient du même sang pour que cela paraisse réel.

Elle grimaça.

— Ceci est sûrement le sujet de conversation que j'aime le moins au monde. Pouvons-nous ne pas en parler ?

— Compris. Le plan est donc que je m'arrête à la maison, que je me douche, que je me change, puis que je retourne chez toi pour faire ce que tu veux.

— Tu veux que nous préparions le dîner ensemble ? Je pourrais t'apprendre une recette simple de poulet rôti.

— Très bien.

— Tu aurais accepté n'importe quoi, n'est-ce pas ?

— Oui.

Ils montèrent sur sa moto et il lui tendit son casque. Elle le passa sur la tête, apparemment contente de faire un tour à moto. Et voilà. Il était déjà une bonne influence, l'ouvrant à de nouvelles expériences. Quelle femme pouvait résister à un motard qui donnait des orgasmes ?

Il fit le court trajet jusqu'à la maison de son père, entra et laissa Charlotte se détendre sur le canapé. À l'étage, il s'arrêta net devant la porte de la salle de bains. Son père était sous la douche. Il travaillait de nuit en tant que garde de sécurité à mi-temps, dormant jusqu'à l'après-midi avant de se doucher. Ty jeta quelques vêtements dans un sac en toile avant de redescendre au rez-de-chaussée.

— La douche est prise, dit-il. Ça ne te gêne pas si je me douche chez toi ?

— Pas de problème.

Une fois chez elle, Charlotte s'installa sur le canapé avec une liseuse électronique. Il espérait qu'elle lise un de ces livres cochons qu'elles aimaient dans son club de lecture. Elle serait alors toute excitée pour lui. *Arrête ces conneries.* Oui, il la désirait terriblement, mais il ne voulait pas que ce soit uniquement physique avec Charlotte. C'était insensé et rapide, mais il savait que c'était la femme pour lui avec une certitude qu'il n'avait jamais eue dans aucune de ses relations. Son seul regret était d'avoir fait foirer les choses la première fois qu'il l'avait rencontrée au mariage de Claire et Jake. Ils avaient perdu du temps à cause de sa propre stupidité. À partir de maintenant, il allait tout faire comme il fallait. Apprendre à se connaître lentement. Les fondements d'une amitié forte. Le reste se mettrait en place quand le moment serait venu. Pas grâce à ses façons habiles de flirter. Ils allaient devoir trouver comment se débrouiller avec la distance, mais ce n'était pas insurmontable en se voyant régulièrement, en s'appelant et en s'envoyant des textos.

Il fit couler la douche et attendit un instant qu'elle se réchauffe. La salle de bains était décorée de façon un peu féminine, tout était assorti : les serviettes, le porte-savon, le verre à brosse à dents, même la petite poubelle, tout était blanc avec des fleurs rouge pâle sur une branche. Peut-être des fleurs de cerisier, mais en moins rose. Il ne savait pas, mais c'était chaleureux. Sa propre maison à Los Angeles était tout en noir et blanc avec des touches d'acier.

La douche se mit à émettre de la vapeur. Il se déshabilla rapidement, fit glisser la porte en verre et entra dans la douche. Il trempa ses cheveux et attrapa le shampooing.

Grenade ? Il le renifla. Super, il allait sentir fruité comme une fille. Il aurait dû apporter son propre shampooing.

— Je crois que je vais avoir ton odeur, cria-t-il.

Un instant plus tard, la porte s'ouvrit.

— Qu'est-ce que tu dis ?

— Je vais sentir fruité comme toi.

Il ferma les yeux, fit mousser le shampooing et le rinça afin de ne pas être tenté de l'attirer dans la douche avec lui. Lorsqu'il ouvrit les yeux, Charlotte se tenait tout près, pieds nus, le fixant à travers la porte en verre. Bon sang, elle déboutonnait sa chemise. Il durcit immédiatement. Qui essayait-il de tromper avec ces histoires d'apprendre à se connaître lentement ? Il aurait dû savoir que cela finirait ainsi. L'attirance était trop importante pour pouvoir l'ignorer.

Encore une fois, il n'avait pas de préservatifs. Quel idiot ! Il aurait dû en jeter quelques-uns dans son sac. Peut-être avait-elle une boîte quelque part. Non, ils devaient attendre. Avec quelqu'un de spécial comme Charlotte, il ne fallait pas que ce soit uniquement physique. Ça, c'était pour les amourettes rapides, pas pour les choses sérieuses.

— Ne t'approche pas plus, ordonna-t-il.

Elle fit un pas vers lui.

Il déglutit. Il ne pouvait *pas* résister à ce genre de tentation.

Mais il était déterminé à apprendre à la connaître et pas seulement à la baiser comme un fou. Il aurait dû avoir une récompense pour ce genre de retenue. Il glissa la porte de la douche sur le côté afin de passer la tête.

— Bébé, attends-moi là.

Elle se lécha les lèvres.

— Tu es sacrément bien membré.

— Normal, tout est proportionnel. Va m'attendre là-bas.

Elle retira sa chemise qu'elle laissa tomber sur le sol. Juste un soutien-gorge en dentelle blanche qui contenait à peine ses beaux seins ronds. Ses tétons se serrèrent sous son regard, pointant droit vers lui.

Il se força à la regarder dans les yeux.

— Je vois que tu es en train de t'exciter. Je te ferai une branlette dès que j'ai fini. Promis.

Elle fit glisser les bretelles de son soutien-gorge de ses épaules et il se sentit désespéré.

— Bébé, s'il te plaît. Je te ferai un cunni, mais…

Le soutien-gorge s'ouvrit et elle le retira en le dévisageant de la tête aux pieds.

— Remets ça, exigea-t-il.

Elle le posa avec sa chemise sur un crochet au dos de la porte. Il admira la courbe de son dos qui s'élargissait jusqu'à ses hanches dans le jean moulant.

Elle se retourna vers lui et défit le bouton de son jean.

Il inspira profondément, faisant une dernière tentative pour apprendre à la connaître lentement.

— On avait dit pas de sexe. On traîne juste ensemble. Tu te souviens ?

Sa voix se brisa à la fin, tout comme sa maîtrise de lui-même allait craquer si elle ne s'arrêtait pas.

Elle glissa ses mains dans ses cheveux en les secouant, puis elle passa les mains dans son cou, sur ses seins, les enveloppant en les soulevant. Il sentit une pulsation dans sa queue. Elle fit glisser ses mains sur son ventre et jusqu'à la taille de son pantalon. Si ce jean tombait, il était foutu.

— Je n'ai pas de protection, dit-il urgemment. As-tu un préservatif ?

Elle secoua la tête et ouvrit la fermeture éclair de son jean.

— Donne-moi juste quelques minutes et je t'aiderai. Attends-moi dans ta chambre, d'accord ? Quand je me serai habillé.

Elle gigota pour faire descendre le pantalon sur ses jambes. Une minuscule culotte en dentelle blanche. Il sentit ses doigts brûler d'impatience de la toucher.

— J'ai repris la pilule, dit-elle.

Adieu, culotte. Elle tomba sur le sol à côté de son jean. *Game over*, merde.

— Viens là. Tu as fait ça pour moi ?

Elle haussa les épaules et s'avança vers lui.

— J'ai simplement décidé que je ne voulais pas être mère célibataire tout de suite.

Il fit un grand sourire.

— Parce que je te plais.

— Peut-être.

Elle entra dans la douche et il l'attira contre elle pour un câlin, se sentant toute troublée qu'elle imagine un avenir différent à cause de lui.

Elle l'embrassa dans le cou.

— Tu es terriblement mignon.

Il fit courir ses mains sur le dos de Charlotte, adorant la sentir appuyée contre lui. Il se déplaça afin qu'elle puisse profiter de l'eau chaude, elle aussi.

— Qui a dit ça ? Je vais leur casser la figure.

— C'est moi.

— Oh, dans ce cas, tu te trompes.

Il l'embrassa et il mordit sa lèvre inférieure. Elle fit un petit bruit sexy. Puis il l'embrassa pour de vrai, profondément, en glissant ses doigts dans les longs cheveux soyeux de Charlotte.

Elle rendit le baiser et sourit contre sa bouche.

— Il me tarde de te sentir en moi.

Et puis il n'y eut plus de mots. Seulement un flot brûlant de sensations quand il prit ce qu'elle lui offrait. Elle fut agressive, l'embrassant brutalement, le touchant partout. Il glissa une main entre ses jambes, testant si elle était prête. Bon sang, elle était si mouillée pour lui. Elle gémit dans sa bouche, grimpant presque sur son corps. Il la souleva, la colla contre le mur et la pénétra d'un seul coup. Ils gémirent tous les deux quand ils furent enfin joints l'un à l'autre. Elle pencha la tête en arrière, les yeux fermés. Il l'embrassa dans le cou, s'enfonçant profondément en elle.

— Oui, gémit-elle. Encore.

— C'est si bon en toi. Je veux que ça dure.

Il garda le même rythme lent, souhaitant lui donner un maximum de plaisir. Il recula juste assez pour glisser une main entre eux afin de la caresser. Elle fit de petits bruits sexy qui rendirent son érection encore plus épaisse et dure. Elle avait le regard dans le vague. Il la vit s'abandonner au plaisir beaucoup plus vite que la première fois, la mâchoire tombante, les yeux dilatés, puis les paupières fermées. Il adorait cela. Il était très fier de savoir que c'était sa confiance en lui qui lui permettait de se lâcher. Et puis elle jouit avec un cri brutal et il prit ce dont il avait besoin, la pénétrant encore et encore. Il posa une main sur le visage de Charlotte et elle ouvrit les yeux en haletant comme lui. Son regard devint doux en se posant sur lui. La vague de plaisir et d'émotion frappa comme un tsunami. Il serra ses hanches, pompant avec une jouissance explosive, puis il se laissa tomber contre elle, s'enfonçant profondément.

Lorsqu'il leva la tête, il aurait pu jurer qu'ils étaient

entourés par une aura presque divine : tout brillait, leurs corps, l'air plein de vapeur autour d'eux, même le carrelage blanc.

Elle le serra dans ses bras et ses jambes avant de poser la tête sur son épaule.

Il ne voulut plus jamais la lâcher.

12

———————

Charlotte agitait fébrilement la jambe, entourée par ses amies pour leurs verres chez Garner's après le club de lecture du jeudi soir. Comment pouvait-elle se détendre en sachant que Ty allait descendre en rappel d'un gratte-ciel ce soir-là ? Rien n'allait, même son martini lui sembla amer. Elle repoussa son verre. Elle s'était trop impliquée, elle s'était autorisée trop de sentiments. Elle vivait désormais dans un état d'angoisse qui la torturait chaque fois qu'il partait travailler, jusqu'à ce qu'elle soit sûre qu'il était encore une fois en sécurité. Elle se força à se souvenir des précieux moments de bonheur avec Ty.

Leur premier week-end ensemble chez elle, ils avaient cuisiné tous les deux et fait l'amour de nombreuses fois. Elle eut une bouffée de chaleur rien qu'en y pensant. Son objectif était *toujours* de maximiser le plaisir de Charlotte. Il l'avait d'ailleurs dit de cette façon audacieuse qu'il avait de toujours tout révéler. Après, elle se détendit complètement, le laissant faire ce qu'il voulait. Il la laissait faire ce qu'elle voulait et ils bougeaient ensemble avec la facilité d'une danse. Quand allait-elle pouvoir revivre cette synchronicité rare ?

En dehors de la chambre à coucher, elle l'avait imaginé plus autoritaire avec sa voix forte et son comportement culotté, ayant l'habitude de faire les choses à sa façon, mais il était presque le contraire : décontracté et arrangeant. Il avait même proposé de regarder le film qu'elle préférait. Elle avait mis *Autant en emporte le vent* juste pour tester sa sincérité, et il s'y était intéressé. En ce qui la concernait, n'importe quel homme prêt à regarder un film romantique et à s'y intéresser était un bon numéro. Le week-end précédent, ils avaient logé à son hôtel en ville et il l'avait emmenée faire du shopping, car c'était ce qu'elle préférait faire à Manhattan. Un homme qui faisait du shopping !

Elle posa la tête sur sa main, les yeux dans le vague en laissant échapper un soupir adorateur. Il était si affectueux et attentionné. Beau et sexy. Elle n'avait sincèrement pas cru qu'il existait des hommes comme lui.

Et elle avait presque raté tout cela. S'ils n'étaient pas restés coincés sur le bateau, permettant une intimité dans l'obscurité qu'elle autorisait rarement dans ses relations, s'il n'avait pas fait un tel effort pour traîner encore avec elle, elle ne l'aurait jamais su. Elle aurait juste continué à croire que c'était un type arrogant qui jouait à des petits jeux comme la première fois qu'ils s'étaient rencontrés. Elle appréciait encore plus ce qu'ils avaient.

Cela faisait très longtemps qu'elle ne s'était pas laissé ressentir tant de choses pour un homme, mais d'une façon ou d'une autre, Ty avait franchi ses défenses et était entré dans son cœur. S'il ne survivait pas à sa cascade, il ne saurait peut-être jamais ce qu'elle ressentait pour lui. Elle serra les poings, ses ongles s'enfonçant dans ses paumes. *Ne pense pas ça. Tu vas lui porter malchance.*

Peut-être savait-il déjà ce qu'elle ressentait. Il avait cette façon de tenir la tête de Charlotte, ses doigts s'étirant de ses tempes jusqu'à sa mâchoire en la regardant dans les yeux, l'empêchant de cacher tout ce qu'elle ressentait. Il la tenait souvent de cette façon, quand il était sur le point de l'embrasser, quand ils faisaient l'amour, après l'un de ses gros câlins enthousiastes. Et elle sentait également cet amour lui revenir, comme s'il grandissait à partir de tous les deux. Ty parlait de leur futur ensemble, mentionnant des endroits qu'il voulait lui faire visiter à Los Angeles, ou des choses qu'ils allaient faire ensemble pendant l'été, qui était dans plusieurs mois. Elle sentait néanmoins la date limite de son retour à Los Angeles peser au-dessus de leurs têtes pendant tout le temps qu'ils passaient ensemble. Et c'était presque le moment.

Mad lui donna un coup de coude.

— Ça va ?

Charlotte se tourna vers elle.

— Oui, ça va. Je m'inquiète pour Ty, c'est tout. Il va faire sa descente rapide de vingt étages d'un gratte-ciel ce soir.

— Ne t'inquiète pas. Ils lui ont mis des cordes et tous ces trucs de sécurité.

— Je ne peux pas m'en empêcher, répondit Charlotte d'une petite voix. Je me sens malade chaque fois qu'il me parle de ses cascades.

— Il te plaît vraiment, hein ? demanda Mad.

Charlotte hocha la tête, la boule dans sa gorge l'empê-chant de parler.

Mad lui donna un coup d'épaule ; elle était tout aussi tactile que Ty.

— Fais-le-moi savoir s'il fait quelque chose de stupide comme te briser le cœur. Je lui casserai la figure.

Un sourire réticent tira sur les coins de ses lèvres.

— Merci, Mad.

— Ooh, gloussa Mad, regarde ça. Hailey a apporté une offre de paix à Josh.

Charlotte échangea un sourire avec Mad, ravie de cette distraction.

— Elle doit vraiment aimer les mojitos.

Elles gloussèrent. La rumeur en ville était maintenant que l'histoire d'impuissance était seulement une façon de cacher le véritable problème : sa minuscule banane. Hailey n'avait rien fait pour encourager la rumeur 'minuscule', jurant sur sa vie que ce n'était pas vrai, même si elle ajoutait toujours très vite : 'non pas que j'en ai fait l'expérience personnelle'. Josh avait été contrarié par cela, mais il ne savait pas comment prouver sa virilité aux nombreuses femmes qui fréquentaient le bar sans aller jusqu'à leur montrer. Sa seule consolation était de bouder Hailey et de ne lui servir aucune boisson.

Hailey posa une grande boîte en plastique sur le bar devant Josh. À l'intérieur se trouvaient des cookies aux pépites de chocolat. Tout le monde dans le club de lecture savait à quel point ils étaient délicieux.

Josh lui jeta un regard noir.

Hailey lui sourit.

— J'ai apporté un cadeau pour faire la paix après notre minuscule dispute.

— Elle n'est *pas* minuscule, dit Josh en serrant les dents.

Les femmes gloussèrent.

— Je sais que tu es un gourmet, poursuivit Hailey malgré la rougeur qui lui montait dans le cou.

Elle retira le couvercle et tendit la boîte.

— Goûte. Si tu l'aimes, je t'enverrai la recette avec l'ingrédient secret.

Josh la regarda d'un air suspicieux.

— Manges-en un d'abord, princesse.

Hailey afficha un faux sourire.

— Mais c'est ton cadeau.

Elle agita la boîte sous son nez.

— C'est pour toi.

— Ils sont délicieux, intervint Mad.

Toutes les femmes acquiescèrent avec enthousiasme.

— Alors laisse-moi te voir en manger un, dit Josh en défiant sa sœur.

Mad hésita.

— Mais ils sont pour toi.

— Josh, ils ne sont pas empoisonnés ! s'exclama Hailey. J'essaie de me faire pardonner à cause de notre petit problème.

— Ce n'est pas petit, je t'assure, grogna Josh.

Les joues de Hailey devinrent écarlates, s'accordant à son cou.

— S'il te plaît, accepte ceci dans l'esprit avec lequel je te l'offre. La proportion de sucre brun par rapport au sucre blanc les rend moelleux. Ils vont fondre dans ta bouche. S'ils te plaisent, je t'enverrai la recette avec plaisir.

Josh ne marchait pas.

— Toi d'abord.

Charlotte observa – on aurait dit que tout le bar était devenu silencieux pour profiter du spectacle – pendant que Hailey prit une minuscule bouchée avant de mâcher. Hailey hocha la tête, indiquant à quel point ils étaient exquis.

— Miam.

— Mange-le en entier, ordonna Josh.

— Puis-je avoir un verre d'eau ? demanda Hailey.

— Avale d'abord, dit Josh.

— J'ai vraiment besoin d'une gorgée d'eau, insista Hailey, la main sur la gorge.

Le regard de Josh plongea sous le bar afin d'attraper un verre. Hailey en profita pour cracher le gâteau dans une serviette.

Josh se redressa brusquement, remplissant le verre en regardant tout le monde.

— A-t-elle avalé ?

— Ça, c'est ce qu'il a dit après l'acte, plaisanta Mad.

— Oui, assura Charlotte.

Tout le monde acquiesça. Solidarité féminine.

Josh glissa un verre d'eau vers Hailey et elle lui fit un grand sourire.

— Merci.

Elle but, reposa son verre et poussa la boîte vers Josh.

— Vas-y. Je suis certaine qu'ils vont te plaire.

— Quand tu auras mangé un cookie entier devant moi, dit Josh.

Hailey jeta ses cheveux par-dessus son épaule.

— Quelle ingratitude...

— Moi j'en veux bien un, dit Trav O'Hare, un bel homme de la quarantaine, depuis l'autre bout du bar.

Trav était connu localement, un architecte paysagiste qui avait épousé la fille du propriétaire de Garner's. Charlotte savait que Hailey allait faire particulièrement attention avec un membre aussi connu de la communauté.

— Moi aussi, dit le beau type brun à côté de lui.

— La femme de Rico a banni le sucre de sa maison, dit Trav. Il est désespéré.

Josh jeta un regard rusé à Hailey.

— Et voilà, princesse. Partage le trésor.

— Tu vois ? rétorqua Hailey d'un ton hautain. Tout le monde n'est pas aussi méfiant que toi.

Josh lui fit signe de servir.

Hailey se tourna vers Trav et Rico.

— Ceux-ci ont été faits spécialement pour Josh. C'est son cadeau.

Trav et Rico échangèrent un sourire.

Josh appuya les paumes sur le bar et approcha sa tête de celle de Hailey.

— Tu vas devoir t'appliquer pour être plus maligne que moi. Je sais ce que tu fais.

Hailey déglutit de façon audible.

Josh se redressa et poursuivit.

— Ta personnalité d'âme charitable adorable n'est qu'une façade pour cacher la stratège vicieuse. Eh bien, tu sais quoi, princesse ? C'est pareil pour moi.

Hailey se reprit vite.

— Ça, c'est toi, Josh, pas moi. J'agis avec des intentions pures !

— Purement vicieuses, rétorqua Josh.

Hailey leva le menton.

— Bon sang. J'essaie de me faire pardonner et voilà comment tu me remercies.

Josh poussa la boîte dans les mains de Hailey.

— Envoie-moi la recette par mail en enlevant le poison que tu as jeté là-dedans.

Hailey resta bouche bée.

— Du poison ! Je ne ferais jamais…

— Des insectes, un crachat, des haricots, des laxatifs, quoi ?

Le bar redevint silencieux, tout le monde souhaitant entendre ce qu'elle avait fait.

Hailey regarda tous les yeux curieux autour d'elle avant de revenir au regard accusateur de Josh.

— Ce sont des raisins secs, d'accord ? J'ai remplacé les pépites de chocolat par des raisins secs et le goût n'est pas bon et dégoûtant !

Josh éclata de rire.

— Tu n'es peut-être pas aussi vicieuse que je le croyais.

Hailey s'offusqua, apparemment irritée d'avoir dû admettre le coup des raisins secs sans même avoir le plaisir de voir le regard dégoûté de Josh.

Josh prit un torchon et nettoya le bar.

— Tu n'auras toujours pas de mojito de ma part.

Hailey souffla.

— Alors je suppose que nous sommes revenus à zéro.

Josh s'arrêta et la regarda dans les yeux.

— Oh non, nous sommes arrivés à un tout autre niveau. Fais attention à tes jolies fesses, princesse.

Elle leva le menton.

— C'est impossible. Elles sont là-bas.

Elle montra son derrière par-dessus ses épaules.

Josh sourit.

— Je vais les surveiller pour toi.

— Tu le fais toujours, répondit Hailey.

Elle se leva, laissant les cookies, et fit signe à toutes ses amies.

— Venez, mesdames, rentrons chez moi pour quelque chose de bon : les brownies au caramel.

Charlotte inclina la tête afin d'indiquer aux autres de la suivre afin que Hailey puisse avoir une sortie théâtrale. De plus, le spectacle de la soirée était terminé.

Hailey sortit en se déhanchant.

Charlotte jeta un coup d'œil en arrière et vit que Josh

surveillait effectivement les fesses de Hailey, comme promis.

~

Toute la semaine, Ty fut sur un petit nuage au travail. À la fois parce qu'il était follement amoureux de Charlotte et parce qu'il volait littéralement dans un harnais, s'entraînant à faire du rappel de quelques étages d'un gratte-ciel pendant que le réalisateur et le chef opérateur décidaient comment tourner la scène. Tout cela était en préparation de la scène de descente ultime de vingt étages. C'était maintenant jeudi soir, l'avant-dernier jour sur place de son tournage. Il partait le lendemain soir. Charlotte allait le rejoindre à dîner avant son vol de nuit et puis c'était tout pour un bon moment. Il espérait qu'elle puisse avoir quelques jours de congé pour lui rendre visite, car il avait un autre gros travail après celui-ci pendant au moins six semaines à Los Angeles.

— D'accord, Ty, nous sommes prêts dès que tu l'es aussi, appela le réalisateur. Va voir Gary et puis monte pour la scène.

C'était une scène de nuit, les plus difficiles à filmer, mais le réalisateur voulait les lumières de la ville. Un échafaudage près de là éclairait la scène.

— Compris.

Il descendit en rappel jusqu'au sol et détacha le câble de sécurité de l'avant de son harnais. Puis il parla à Gary, le responsable des cascades, passant en revue toute la scène depuis le moment où il tombait par la fenêtre, faisait semblant de perdre sa prise sur la corde et pendant d'une seule main avant d'attraper la corde des deux mains et de descendre rapidement et discrètement en rappel. En cas de problème, ce qui arrivait rarement, il y avait un énorme coussin gonflable sous lui.

Il entra dans le bâtiment, bavarda avec l'acteur célèbre qu'il doublait et ils montèrent ensemble dans l'ascenseur. Ce type adorait les cascades et aurait aimé en faire plus, mais le studio ne voulait pas risquer de blesser leur star.

Une fois qu'il reçut le signal du vingtième étage, il regarda par la fenêtre jusqu'en bas. Son adrénaline monta en flèche devant le risque qu'il était sur le point de prendre et de conquérir. C'était fabuleux. Il aurait aimé que Charlotte soit présente pour le voir, mais elle se sentait mal chaque fois qu'il parlait du travail. Elle allait devoir s'y habituer un jour ou l'autre. Il était assez jeune pour qu'il lui reste des années de travail dans le domaine. Son patron n'avait pas arrêté les cascades avant d'avoir cinquante ans.

Une dernière vérification de sécurité. La corde testée et tirée. Son câble de sécurité – le même que celui avec lequel il s'était entraîné – réattaché et testé. Il plia les doigts dans leurs gants de protection et il procéda à son rituel de préparation habituel, sautant sur place en respirant profondément. Il signala qu'il était prêt, reçu le signal de retour et se précipita en avant, grimpant sur la fenêtre, se tournant avant de se laisser tomber, une main sur la corde, agitant l'autre comme prévu. Quelque chose se rompit. Le câble de sécurité passa à toute vitesse devant son visage. Et puis il se balança d'une seule main, sans le moindre contrôle. Il lutta pour poser les deux mains sur la corde, cherchant désespérément à contrôler sa descente, espérant toujours sauver le tournage de la scène. Il finit par l'attraper, serrant la corde des deux mains, son corps se balançant vers le bâtiment. Ses pieds frappèrent durement le verre, et pas avec le bon angle. Il sentit une douleur vive exploser dans sa cheville gauche. Il rebondit avant de revenir vers le bâtiment, son corps frappant l'immeuble, ce qui vida brusquement ses poumons.

Il relâcha sa prise sur la corde, tombant, tombant, l'élan devenant trop important. Presque en panique, il essaya de trouver une meilleure prise sur la corde. Merde. Il regarda en bas et il vit que le coussin gonflable était assez proche. Gary lui criait de se laisser tomber. Un atterrissage contrôlé était toujours préférable à une descente en panique. Son entraînement prit le relais. Il lâcha la corde – quelques secondes de chute libre, le vent sifflant dans ses oreilles – et puis *pouf* ! Un atterrissage plus ou moins doux, le corps enveloppé par le sac gonflable.

Il resta allongé et parfaitement immobile, le cœur battant follement. Il testa sa cheville gauche et souffla de douleur. Putain de merde. L'équipe se rassembla pour l'aider à sortir du coussin gonflable.

— Attendez, dit-il. Ma cheville gauche est peut-être cassée.

— On s'occupe de toi, Ty, dit Gary.

Ils le sortirent du coussin et le mirent debout. Ty grimaça lorsqu'il essaya de poser son poids sur le pied et Gary l'aida à s'asseoir sur une chaise pour attendre l'ambulance. Il fut soudain ravi que Charlotte n'ait pas été témoin de la scène. Il allait attendre le lendemain pour lui dire, quand il se sentirait moins mal. Elle était déjà bien trop contrariée par son travail.

13

___

Ty n'appela Charlotte que juste avant son départ de Clover Park pour le rejoindre à dîner en ville au cours de ce qui devait être son dernier jour sur place. Sa cheville était finalement sévèrement foulée, pas fracturée, ce qui était super, mais il ne pouvait quand même pas faire son travail à Los Angeles. Trop d'escalade et de grands sauts pour son état actuel. Elle lui avait envoyé un texto la nuit précédente disant seulement : 'Je pense à toi'. Il avait répondu : 'Moi aussi. Crevé. Bonne nuit.'

Il devait maintenant lui annoncer la nouvelle en douceur. Dès qu'elle répondit au téléphone, il dit :

— Bonne nouvelle.

— Quoi donc ? demanda-t-elle avec une légère méfiance.

— On dirait que je reste en ville un peu plus long-temps, alors nous ne sommes pas encore obligés de nous dire au revoir.

— Qu'est-ce qui ne va pas ?

— J'ai eu un peu de temps libre.

— Ty ! Es-tu à l'hôpital ?

— Détends-toi, je suis à l'hôtel.

— Oh, j'ai cru un instant que quelque chose s'était mal passé. Pourquoi as-tu soudain du temps libre ? Ton autre mission a-t-elle été annulée ?

— Rien de sérieux. Juste une cheville foulée.

Silence de mort.

— Tu es toujours là ?

— Oui.

Il l'entendit prendre une respiration tremblante.

— Que s'est-il passé ?

— Une des cordes s'est rompue pendant que je descendais en rappel de l'immeuble, alors j'ai frappé le bâtiment sous un mauvais angle. Quoi qu'il en soit, comme je ne peux pas travailler à Los Angeles, je reste une semaine supplémentaire. Je dois quand même retourner à Los Angeles. Mon patron veut que j'entraîne quelques-uns des nouveaux cascadeurs. Alors tu peux venir. Je suis juste assis à attendre ta sexitude.

— D'accord. Il me faut d'abord un instant pour reprendre mon souffle.

— Tu fais du sport ?

— Non ! J'essaie de ne pas hyperventiler en pensant à ta descente en rappel d'un gratte-ciel avec une corde qui s'est rompue. À quelle hauteur étais-tu ?

— Je ne sais pas. C'est un peu flou. Peut-être à dix-huit étages.

Elle inspira.

— Mais je me suis bagarré un moment avec la corde principale, alors je ne suis tombé dans le coussin que bien plus tard. Je vais bien. Promis. Viens voir par toi-même.

— C'est ce que je vais faire, marmonna-t-elle. Au revoir.

Ce n'était pas si terrible, pensa-t-il. Elle saurait peut-être s'habituer à tout ce qui accompagnait ce travail. Il commanda de la nourriture au room service quand il se dit qu'elle devait bientôt arriver. Tout irait très bien. Ils allaient traîner un peu plus et ils pouvaient toujours s'amuser un peu au lit.

Sauf que lorsqu'il ouvrit la porte de la chambre d'hôtel, Charlotte jeta un regard à ses béquilles et à son attelle et sa lèvre inférieure se mit à trembler.

Il se précipita pour la rassurer.

— Ne pleure pas, bébé. Je vais bien. Vraiment. Ces béquilles ne sont que pour quarante-huit heures. Il ne reste plus que vingt-quatre heures maintenant.

Elle lui jeta un regard noir avec ses yeux brillants. Il se décala avec ses béquilles afin qu'elle puisse entrer, ne sachant pas si elle allait pleurer ou crier.

Elle parla d'une voix basse et contrôlée :

— Je ne peux pas faire ça, Ty.

Son estomac se noua.

— Tu ne peux pas faire quoi ?

— Je ne peux pas m'inquiéter tout le temps pour toi qui risques ta vie juste pour un film.

— C'est mon travail.

Elle essuya son œil avec le poing.

— Et je ne peux pas gérer le fait de recevoir un appel me disant que tu es à l'hôpital ou mort.

— Viens là, parlons.

Il se dirigea vers le lit, posa les béquilles sur le côté et s'assit. Il tapota la place à côté de lui.

Elle le rejoignit, serrant les mains sur ses genoux en les fixant d'un air sombre.

— Je suis désolée. Je ne peux pas faire semblant d'être heureuse que tu restes plus longtemps pour cette raison.

— Pas besoin de paniquer. Cela aurait pu être bien pire.

— Je sais ! Tu pourrais être mort ou paralysé. Bon sang, Ty, j'essaie d'être compréhensive, mais je ne peux pas le supporter. J'ai la nausée chaque fois que tu pars travailler.

Elle serrait si fort ses mains ensemble que ses doigts en blanchissaient. Il les sépara et prit sa main dans la sienne.

— Bébé, je me suis cassé des tonnes d'os.

Il indiqua toutes ses blessures guéries du passé.

— Mes côtes, mon poignet, mon autre jambe. C'est pour cela qu'ils me paient grassement, afin que les acteurs n'aient pas besoin de le faire. Le docteur dit que je serais comme neuf dans quatre à six semaines.

Elle respira en reniflant, comme si elle essayait de ne pas pleurer.

— Il en est sorti quelque chose de bien. Nous avons une autre semaine ensemble, maintenant.

Elle hocha la tête en regardant le sol.

— Et puis il me faudra retourner à Los Angeles, mais tu pourras me rendre visite dès que tu auras du temps de libre. Tu peux rester chez moi. J'achèterai les billets d'avion. Il te suffit de me le dire.

Elle regarda le plafond et s'essuya sous les yeux.

Il craignait qu'elle soit sur le point de craquer et il ne voulait surtout pas être la cause de ses larmes.

— Nous allons avoir un futur ensemble.

Elle pinça les lèvres.

Quelqu'un frappa à la porte.

— C'est le room service, dit-il en tendant les mains vers ses béquilles.

Elle se leva.

— Je m'en occupe.

Elle apporta tout à l'intérieur et elle le disposa sur la

petite table ronde avec deux chaises. Ils mangèrent leur poulet sans peau et leurs légumes en silence. Tu vois, on aime les mêmes plats, pensa-t-il sans le dire. Elle semblait trop troublée pour faire la conversation.

Lorsqu'ils eurent terminé le dîner, il tendit les mains au-dessus de la table et il prit les siennes en les serrant doucement.

— Tu ne vas pas m'abandonner juste parce que tu es inquiète, n'est-ce pas ?

— J'ai peur que ce soit toi qui m'abandonnes.

— Jamais.

— Pas volontairement. Je veux dire, s'il t'arrive quelque chose.

Il secoua lentement la tête.

— Il ne m'arrivera rien. Et nous allons nous débrouiller pour que ceci fonctionne. Maintenant, réfléchis, ne réponds pas tout de suite, mais que penserais-tu de déménager à Los Angeles avec moi et de travailler en tant que coach personnel là-bas ? Je connais des tonnes de gens dans mon domaine qui seraient ravis de travailler avec toi.

— Et pourquoi ne travaillerais-tu pas en tant que coach personnel pour eux ? dit-elle d'une voix enthousiaste. Ils te connaissent. Tu as déjà fait ce travail.

— Parce que je suis un cascadeur ! C'est ce que je suis ! Tu essaies de me changer.

Elle retira ses mains.

— Je ne peux pas être avec quelqu'un qui risque sa vie tous les jours juste pour un film.

— Alors je suis censé abandonner ce que je suis afin que tu te sentes mieux ?

— Ton travail, ce n'est pas toi, Ty. Je veux que tu sois toi-même de façon moins dangereuse.

Rien de tout cela ne convenait à Ty. Être cascadeur était sa raison de vivre. Il fronça les sourcils.

— Tu peux le tourner aussi joliment que tu veux, mais cela se résume à ceci : tu veux que j'abandonne le travail de mes rêves juste parce que tu es du genre à t'inquiéter.

— Je te veux dans ma vie. Notre avenir…

— Tu veux dire *ta* version de notre avenir ! Pourquoi es-tu ainsi ? Je croyais que tu étais différente, mais tu es exactement comme toutes les autres femmes qui essaient de changer leur homme…

— Ne me mets pas dans le même panier que les autres femmes. Je dis que…

Elle s'arrêta, respira profondément, et lorsqu'elle le regarda dans les yeux, il sentit une distance froide.

— Ne nous disputons pas. Nous n'avons qu'une semaine. Qui sait ce qu'il arrivera ensuite ?

Il fronça les sourcils. On aurait dit qu'elle ne pensait pas que cela allait fonctionner sur le long terme, mais il laissa passer cela pour l'instant. Il ne voulait pas se disputer encore et encore pour la même chose. Il n'allait définitivement pas abandonner une carrière qu'il aimait. Il ne voulait pas non plus abandonner Charlotte, mais comment pouvait-il être avec quelqu'un qui ne soutenait pas son rêve ?

Après avoir vécu une semaine chez elle avec Ty, Charlotte savait sans le moindre doute qu'elle l'aimait et elle fut bien trop souvent au bord des larmes en pensant à l'idée de le perdre. Pas parce qu'il ne voulait pas être avec elle, mais parce qu'il lui était enlevé. Personne ne savait où son travail allait le mener ensuite. Un fichu réalisateur pouvait imaginer n'importe quoi, et Ty allait se mettre en danger pour le faire. Elle souhaitait pouvoir passer outre, mais c'était impossible.

Leur dernière nuit ensemble fut douce-amère. Elle eut envie de pleurer rien qu'en se préparant à aller se coucher, alors que Ty était dans sa chambre à ce moment-là. Peut-être parce qu'elle savait qu'elle devait le laisser partir. La logique lui dictait qu'il serait en sécurité pendant au moins six semaines grâce à sa cheville foulée, mais cela n'empêchait pas l'angoisse qu'elle éprouvait pour lui.

Elle entra dans sa chambre, où Ty était allongé torse nu dans toute sa splendeur musclée et tatouée. Elle éteignit la lumière et se glissa sous les couvertures. Il la prit dans ses bras en faisant passer une jambe sur elle. Il était entière-ment nu, sa chaleur l'irradiant à travers le T-shirt et le pantalon de pyjama en coton qu'elle portait.

— Tu vas me manquer, Char. J'aurais aimé que tu puisses avoir des congés plus tôt.

Elle le serra un peu.

— Moi aussi.

Elle n'avait pas de vacances avant juillet. C'était mieux ainsi. Cela lui donnerait le temps dont elle avait besoin pour essayer de l'oublier. Mais à ce moment précis, serrée contre lui, elle ne ressentait rien d'autre qu'un amour écrasant.

Il caressa ses cheveux et posa une main sur le côté de son visage.

— Si je peux, je rentrerai à la maison dans deux semaines.

— Le Connecticut est encore ta maison alors que tu as vécu à Los Angeles tout ce temps ?

— C'est toi, ma maison maintenant.

Elle sentit les larmes monter.

— C'est vrai, dit Ty contre ses lèvres avant de l'embrasser.

Il était le roi du baiser qui détournait l'attention. Elle le laissa faire, souhaitant échapper à ses idées noires. Elle était accro à ce qu'il lui faisait ressentir, elle voulait toujours plus quand elle était avec lui. Et ce qui était surprenant, c'est qu'il était extrêmement sensible à ses émotions, devenant plus tendre avec elle quand elle en avait besoin.

Il la fit se déshabiller, l'embrassant à tous les endroits qu'il pouvait atteindre, avant de prendre ses seins dans les deux mains. Elle ferma les yeux, s'enfonçant dans le pur plaisir de son contact pendant qu'il la massait et la caressait. Il descendit, prenant son sein dans la bouche, suçant profondément. Le plaisir béat repoussa ses inquiétudes. Il était ici maintenant, réel et solide, et faisant des choses délicieuses à son corps. Il réserva le même traitement à son autre sein pendant que ses mains descendirent sur ses côtes, ses hanches, puis se posèrent fermement entre ses jambes. Il la caressa avec les doigts de façon experte, sachant exactement ce qu'elle aimait, et elle frissonna, des étincelles de sensations partant de son centre. Elle fut au bord de l'orgasme en très peu de temps. Elle se raidit, sachant qu'un pic monstrueux était proche, sans savoir s'il le lui donnerait. Il s'écarta.

Elle ouvrit brusquement les yeux. Il adorait la conduire jusqu'à l'orgasme, mais il aimait également l'en approcher avant de s'écarter, jouant avec elle jusqu'à ce qu'elle lui crie presque de lui donner ce qu'elle voulait. C'était ainsi qu'il maximisait le plaisir de Charlotte. C'était aussi de cette façon qu'il la rendait folle.

— Ne joue pas avec moi, dit-elle. Pas ce soir.

Il sourit paresseusement avant de s'asseoir.

— Pourquoi pas ce soir ?

Parce que cela pourrait être notre dernière nuit ensemble.

Elle garda cette pensée pour elle, s'asseyant sur les genoux de Ty en faisant passer les jambes autour de lui. Il la tint par les hanches, la soulevant et la guidant sur lui. Ils se regardèrent dans les yeux et ils gémirent tous deux en sentant la connexion intense lorsqu'elle le prit entièrement. Il attendit un moment avant d'orienter ses hanches pour son premier va-et-vient, caressant son point G. Elle poussa un cri, enfonçant les ongles dans son dos, toujours surprise par la façon dont il parvenait à trouver directement tous ses points de plaisir. Il continua, ses grandes mains serrant ses hanches, encore et encore et encore. Plaisir incandescent. Fonte du cerveau. Elle gémit de façon incohérente, brûlante, perdue dans un plaisir dévorant.

— Charlotte, bébé, regarde-moi.

Elle le regarda dans ses yeux sombres. Son cœur se mit à battre en voyant l'amour dans son regard, même s'il n'avait jamais dit les mots. Il n'en avait pas besoin, c'était évident.

Il parla d'une voix rocailleuse :

— Oui, tu le sais, au fond de toi.

Il posa une main sur sa joue, de la tempe à la mâchoire, son autre main lui serrant la hanche. Une autre caresse profonde qui lui coupa le souffle.

— Tu le sens, n'est-ce pas ?

— O-oui.

— Que sens-tu ?

Un autre va-et-vient. Elle était tout près. Elle ne pouvait plus parler, haletant rapidement. *On ne joue plus,* pensa-t-elle.

— Tu sens l'amour, l'encouragea-t-il.

Elle hocha la tête et elle poussa un cri lorsqu'il lui donna une autre caresse profonde.

— Dois-je te dire mon secret ?

Il la tint fermement, une main sur la tête, l'autre sur sa hanche, la faisant balancer doucement, et elle sombrait, la pression montant en son centre, son corps s'abandonnant à lui.

Sa voix fut grave et profonde, la seule chose qui la maintenait sur Terre avant l'explosion.

— Voici mon secret…

Elle trembla de façon incontrôlable alors qu'il s'enfonçait en elle.

— Attends une minute de plus, je te tiens. Je vais te dire mon secret et puis je vais te laisser jouir.

Il s'immobilisa et elle poussa un cri de protestation.

— Ne sois pas fâchée, bébé. Avant moi, tu n'obtenais même pas le grand O. Maintenant, je te le donne plusieurs fois en une nuit.

Elle lui jeta un regard noir.

Il l'embrassa et recommença un va-et-vient. Elle retint son souffle, de retour sur le bord escarpé du plaisir. Il rompit le baiser.

— Voici mon secret. Tu m'écoutes ?

— Oui, oui, oui, chanta-t-elle en se balançant d'elle-même.

Il accrocha la main sur sa hanche, la maintenant immobile.

— Je t'aime depuis le soir où tu as partagé tous tes secrets les plus enfouis avec moi. Je veux t'épouser, avoir des enfants, un chien, tout. C'est à ce point que je t'aime.

Elle le regarda bouche bée, stupéfaite.

— Et maintenant, tu auras ton orgasme, dit-il.

Elle ne sut même pas ce qu'il fit : elle le fixait d'un

regard vide, et l'instant d'après elle se sentit traversée par un tremblement qui parcourut tout son corps lorsqu'elle jouit longuement avec force, Ty la guidant à travers vague après vague de plaisir. Puis il poussa un cri rauque, explosant en elle, la serrant fort.

Un peu plus tard, il la souleva, lui permettant de démêler ses jambes accrochées derrière lui et il s'allongea en la prenant avec lui, entièrement allongée sur sa chaleur délicieuse. Il l'entoura de ses bras et elle soupira, reposant la tête sur son torse et écoutant les battements solides de son cœur.

Il parla, sa voix grondant dans sa poitrine.

— Est-ce que je t'ai fait peur ?

— Je ne peux pas bouger.

— Très bien. C'était ce que je voulais. Je ne suis pas en état de te courir après si tu prends tes jambes à ton cou.

Elle rit.

Il caressa ses cheveux.

— Nous avons un bel avenir devant nous.

Aucun homme n'avait jamais parlé du fond du cœur avec tant de puissance. Elle ferma les yeux qui brûlaient, souhaitant pouvoir croire ce sentiment.

Charlotte essaya de ne pas craquer après le départ de Ty pour Los Angeles. Vraiment. Elle se rendit au travail. Elle traîna avec ses amies. Elle fit même plus de sport, essayant de créer davantage d'endorphines, mais elle était fatiguée et triste. Elle détestait se sentir ainsi, si émotive, si dévastée par son absence alors qu'ils n'avaient été ensemble que pendant un mois. Oh, mais quel mois. Elle essayait de cacher sa tristesse quand il l'appelait chaque soir, mais il la connaissait bien. La toute première fois que sa voix trembla, au bout de trois jours, il lui dit qu'il prenait l'avion pour rentrer à la maison dans deux semaines.

— Marque-le dans ton calendrier, dit-il. Tu peux compter dessus. Je réserve le vol en ce moment même. Voyons. Je peux arriver samedi après-midi. Le décalage horaire est en ma faveur.

— Je n'ai pas besoin de le marquer dans mon calendrier. Je vais compter les jours.

— Tu es adorable.

— C'est toi qui es adorable de rentrer ici juste parce que je suis trop émotive.

— Je ne le fais pas pour toi. Cela fait trois jours que je n'ai pas eu de bon orgasme. Sans ma cavalière préférée, je dois m'en occuper tout seul, tu comprends ?

Elle rit. Il trouvait toujours une façon de la faire rire.

Le jour était enfin arrivé, une magnifique journée au début du mois de mai, avec le soleil qui brillait, les oiseaux qui chantaient et tout était merveilleux. Elle était presque étourdie de bonheur. Il s'était organisé pour se faire conduire depuis l'aéroport jusqu'à sa maison, alors elle dut se contenter d'attendre. Elle partit courir un peu, ayant besoin d'évacuer une partie de son énergie. Elle se dirigea vers Main Street à Clover Park. Elle aimait regarder les vitrines des magasins de centre-ville et tourner dans Baldwin Park. Elle pensa au mois qu'elle avait vécu avec Ty, le sexe sur le bateau, son offre folle de l'emmener dans les Bermudes qui avait fini par être un week-end ensemble et du sexe, beaucoup, beaucoup de sexe. Et de l'amour également. Elle l'aimait tellement. Et il l'aimait au point de vouloir l'épouser. Elle garda cette vérité dans son cœur, cela lui donnait le courage dont elle avait besoin pour tout partager avec lui. Elle avait tant de choses à lui dire, ils avaient tellement d'éléments à planifier pour leur avenir, mais surtout, elle voulait être de retour dans ses bras.

Après avoir couru, elle prit une douche, nettoya la maison du sol au plafond, se doucha encore et ce fut enfin le moment. Elle ouvrit la porte sur l'après-midi ensoleillée, accueillant l'amour de sa vie les bras ouverts, avec un grand sourire.

Son sourire s'effaça. Elle posa une main sur la bouche, l'estomac noué. Ty avait des béquilles et un plâtre autour de la jambe droite.

14

Ty jeta un coup d'œil aux yeux écarquillés de Charlotte, la main couvrant sa bouche d'horreur, et il sut qu'il avait fait le bon choix en ne lui parlant pas de sa mésaventure au téléphone. Il pouvait maintenant la réconforter en personne.

— Ne panique pas, dit-il. C'est juste une fracture du péroné. Dans deux semaines, j'aurai une chaussure thérapeutique. Ce n'est même pas un plâtre de toute la jambe. Tu vois ? Juste au-dessous du genou.

Elle laissa tomber sa main.

— Ty ! Que s'est-il passé ? Pourquoi ne me l'as-tu pas dit ? Nous parlons tous les soirs.

— Puis-je entrer ?

Elle recula et il poussa sa grande valise à roulettes devant lui avant d'entrer sur ses béquilles. Il se tourna vers elle et elle mordit sa lèvre inférieure, les yeux rivés sur son plâtre.

— La bonne nouvelle, c'est que j'ai six semaines de congés, dit-il. Et ma cheville gauche est presque comme neuve.

Il indiqua la jambe sans plâtre afin de lui rappeler qu'il guérissait vite. La cheville foulée n'était rien par rapport à la douleur d'un os brisé.

Elle cligna rapidement des paupières, les yeux brillants.

— Que s'est-il passé ?

— Le saut en moto a foiré. Je montrais quoi faire au nouveau. J'ai peut-être été un peu ambitieux avec le saut.

— As-tu atterri à l'hôpital ? demanda-t-elle d'une petite voix.

— Oui, aux urgences. Je suis juste entré et sorti. Ce n'est vraiment rien.

— *Si*, c'est quelque chose ! Je n'arrive pas à croire que tu ne me l'aies pas dit.

— Asseyons-nous pour parler, dit-il en se dirigeant vers le canapé.

Il voulait la tenir dans ses bras et tout lui expliquer, mais il ne pouvait pas le faire debout. Il posa les béquilles sur le côté et il s'assit.

Elle le rejoignit et regarda droit devant elle.

— Je ne comprends pas pourquoi tu n'as pas mentionné tout ceci.

Il glissa un bras autour de ses épaules.

— Je sais que tu t'inquiètes pour moi. Je voulais attendre et te le dire en personne afin que tu puisses voir par toi-même que j'allais bien.

Il l'attira contre lui et embrassa sa tempe.

— En plus, je voulais te tenir au cas où tu serais contrariée.

Elle se redressa et essuya ses yeux avec le poing.

— Eh bien, je suis contrariée.

— Je sais.

Il posa les bras autour d'elle, l'attirant tout prêt pour un câlin.

— Je suis désolé de ne pas te l'avoir dit lorsque c'est arrivé.

— Quand est-ce arrivé ?

— Mardi.

Elle s'écarta.

— Alors nous avons parlé et nous nous sommes envoyé des textos pendant quatre jours et tu as juste fait semblant que tout allait bien ?

— Tout allait bien.

Elle lui jeta un regard noir et il se dépêcha d'expliquer.

— D'accord, ça n'allait pas super bien. Je me suis senti merdique et je ne voulais pas que tu t'inquiètes. Je serais arrivé ici plus tôt, mais le médecin voulait que j'attende quelques jours avant de prendre l'avion. À cause du plâtre et d'un éventuel gonflement.

— Ty, nous devons être honnêtes l'un avec l'autre. Tu as dit que tu étais ce que je voyais et c'est ce qui m'a plu chez toi.

— D'accord, d'accord, la prochaine fois je t'appellerai depuis les urgences.

Son visage s'effondra.

— Je ne voulais pas le dire comme ça, dit-il en caressant les cheveux de Charlotte. Je croyais que tu voulais le savoir tout de suite. Bref, vois le bon côté des choses : maintenant nous avons six semaines ensemble.

Elle regarda loin devant elle, les mains serrées sur ses genoux.

Il la sentit s'éloigner, se cacher dans sa carapace. Il voulait revoir la Charlotte fougueuse, heureuse, amoureuse de lui. Non pas qu'elle lui avait déjà dit qu'elle l'aimait, mais il en était presque certain. Sinon, pourquoi se souciait-elle tant de ce qui pouvait lui arriver ?

— Détends-toi, dit-il. Cela aurait pu être bien pire.

Elle tourna brusquement la tête vers lui.

— Pourquoi dis-tu toujours cela ? Est-ce que c'est censé me faire me sentir mieux ?

— Il ne m'arrivera rien, dit-il. Rien de sérieux, en tout cas.

Silence de mort. Elle regarda à nouveau au loin.

— Char, s'il te plaît, regarde-moi. Dis quelque chose.

Elle déglutit et une larme s'échappa de ses cils. Il leva la main pour essuyer cette larme, mais elle s'écarta, le chassant comme s'il était nuisible.

— Char…

— Je t'aime.

Il sentit son cœur battre dans sa gorge. C'était la première fois qu'elle le lui disait, mais il craignait que ce soit suivi d'une mauvaise nouvelle, car elle ne semblait pas heureuse de cet aveu.

— Je t'aime aussi, répondit-il prudemment.

— Je veux que tu sois là dans l'avenir, pour notre avenir. Je veux que tu réfléchisses à un emploi moins risqué *pour nous*. Je viens de te trouver et je ne veux pas te perdre.

Sa voix s'étrangla.

— Tu es trop important.

Il fronça les sourcils.

— Tu savais qui j'étais quand tu m'as rencontré. Il te suffit de ne pas penser à ce que je fais.

— Je ne peux pas arrêter d'y penser !

Elle le pointa du doigt.

— Et n'essaie pas de me dire que tu es parfaitement en sécurité. Au cours des six semaines que nous avons passées ensemble, tu as obtenu un œil au beurre noir, une cheville foulée et une jambe cassée. Tu n'es jamais parfaitement en sécurité.

— C'était juste de la malchance. En général, je n'ai que des bosses et des bleus. Un peu de glace et je repars.

Elle lui jeta un regard sceptique.

— Tu m'as montré toutes tes blessures guéries.

— Oui, je les ai obtenues au cours de *dix années*. Ce n'est pas mal du tout. Je suis doué pour mon travail.

— Et combien de temps penses-tu avoir cette chance ? Avec seulement des os cassés et des bleus ?

— Mon patron a fait des cascades jusqu'à avoir cinquante ans.

— Pourquoi cinquante ?

— Il s'est brisé le dos.

Elle retint son souffle et il continua vite.

— Ça, c'est lui, pas moi. Bébé, tu vas devoir t'habituer à ce que j'aie quelques hématomes. C'est compris dans le lot.

— Un dos brisé, ce n'est pas 'quelques hématomes' ! dit-elle en agitant les bras. Ne me demande pas de m'y habituer ! J'ai essayé ! Je ne le peux pas !

Il leva un sourcil.

— Tu ne crois pas que ta réaction est exagérée ?

Elle sauta du canapé et partit à toute vitesse vers sa chambre.

— Bon sang, Charlotte, où vas-tu ?

Il poussa un soupir exaspéré.

— Je ne peux pas te courir après avec des béquilles et je suis trop fatigué pour enfoncer une porte ! cria-t-il.

Elle disparut de sa vue. Il s'adossa au canapé et fit rouler la tête sur le côté.

— Finis la conversation ! aboya-t-il.

Il savait que c'était une cause de rupture et il la voulait de son côté. Il ne voulait pas choisir entre elle et son travail. Il devait juste mieux s'expliquer, la persuader afin qu'elle comprenne sa façon de penser.

Elle revint à grands pas vers lui, les yeux sombres rivés sur lui avec un regard très impressionnant. Son pouls s'accéléra, car il fut à la fois excité par elle et inquiet qu'elle soit sur le point de rompre.

Elle s'arrêta devant lui.

— Tu sais que tu m'as dit que tu voulais m'épouser, des enfants, un chien, tout ça ?

Son cœur se réchauffa. Elle allait le dire à son tour. *Enfin.*

— Oui.

— Je veux la même chose.

Il sourit.

— Super.

Elle enleva la main qui était cachée dans son dos, lui montrant un bâton en plastique blanc avec deux lignes rose vif.

— Je suis enceinte.

15
———

— Non.

— Oui, assura Charlotte. Je viens de le découvrir ce matin.

Elle regarda le test et sourit parce que les lignes étaient très marquées.

— C'est un miracle.

Ty l'attrapa et la tira sur ses genoux, poussant ses jambes sur le côté.

— Mais tu as dit que tu prenais la pilule.

Elle posa le magnifique test sur la table basse et elle se tourna vers lui.

— C'était le cas, mais j'ai commencé au moment de notre première fois et il s'avère que cela peut arriver au début. Quand on reprend la pilule, je veux dire.

Elle se mordit la lèvre, attendant sa réaction avec anxiété. Il lui avait fallu un peu de temps pour comprendre ce qui était arrivé. Elle n'avait pas eu ses règles, ce qui était déjà arrivé, mais elle avait eu l'intuition de vérifier avec un test pour en être certaine. Pendant qu'elle attendait les résultats, une recherche rapide sur Internet lui avait indiqué qu'il était possible de tomber enceinte si l'on venait juste de reprendre la pilule. Cela faisait quelques mois qu'elle s'était arrêtée à cause de l'opération et de son hésitation par rapport à la fécondation in vitro.

Ty resta étrangement silencieux, regardant droit devant lui avec un air stupéfait. Elle aurait peut-être dû le préparer, mais elle voulait qu'il comprenne pourquoi il était si important pour elle et pour l'avenir du bébé. Elle n'essayait pas de le changer. Elle voulait simplement qu'il soit en vie et en bonne santé pour leur avenir.

— Ty ?

Il secoua lentement la tête.

— Je croyais que tu ne pouvais pas tomber enceinte.

— Il n'y avait qu'une toute petite chance. Un pour cent. C'est un miracle !

Elle eut un petit sourire tendu, toujours un peu inquiète qu'il ne soit pas aussi content qu'elle.

Soudain, il l'écrasa contre lui, la serrant très fort, une main collant sa tête contre son torse, l'autre bras entourant son buste. Elle sourit intérieurement, ravie qu'il ait dépassé le choc.

— Bordel de merde, dit-il. C'est… incroyable !

Elle essaya de lever la tête et il relâcha sa prise.

— Tu es heureux ? demanda-t-elle.

— Carrément. Tu plaisantes ? J'ai toujours voulu des enfants. Regarde mon énorme famille. Et maintenant je vais avoir la mienne. Notre famille.

Il sourit, l'air médusé.

— Ha ! Je suis le un pour cent. *Boum*. C'est grâce à tous ces orgasmes que j'ai donné à ton corps. Ça a transmis des bonnes ondes à mes petits nageurs.

Elle sourit.

— Je suis tellement heureuse. Je... je n'arrive toujours pas à le croire.

Il la serra encore contre lui et elle se lova dans ses bras, la tête sur son épaule.

— Je t'ai donné ce que tu voulais le plus, dit-il avec une certaine fierté.

— C'est vrai.

Elle recommença à sourire jusqu'aux oreilles.

— Le meilleur cadeau qui soit.

— Quand crois-tu que c'est arrivé ? demanda-t-il.

— Je ne sais pas. Nous avons beaucoup couché ensemble.

— Je parie que c'était la première fois dans la douche. Il y avait cette aura.

Elle gloussa. Il était tellement romantique.

— C'est vrai !

Il inclina sa tête pour un baiser.

— Viens avec moi à Los Angeles.

— Je veux rester ici. Mon médecin est ici, mes amis...

— Je vis à Los Angeles, aboya-t-il.

Elle inspira profondément, sur le point de s'expliquer, lorsqu'il poursuivit avec un ton beaucoup plus doux.

— De toute façon, il te faudra travailler moins avec la grossesse et après. Laisse -moi m'occuper de toi. Je veux que nous soyons une équipe.

— Oui. Absolument. Je veux être une équipe. D'accord, laisse-moi expliquer...

— Nous allons nous marier tout de suite. Demande à Hailey de prévoir quelque chose de super cool et rapide. Attends. Faut que je fasse ça bien. Mince. Je ne peux pas m'agenouiller avec ce plâtre. Et je n'ai pas de bague. Fais semblant, d'accord ?

Il encadra le visage de Charlotte avec les deux mains et il la regarda dans les yeux.

— Veux-tu m'épouser ?

— Oui, dit-elle tout de suite.

Il sourit avant de l'embrasser avec urgence et tendresse. Ses mains se mirent à se balader. Lorsqu'il souleva son chemisier dans le dos, elle passa le bras derrière elle pour l'arrêter. Elle avait besoin de lui parler d'abord.

Il fit traîner sa bouche jusqu'à son oreille, l'embrassant tout le long avant de prendre son lobe entre les dents.

— Enlève ça, bébé, chuchota-t-il. Il me tarde d'être avec toi.

— Nous devons parler.

— Plus tard.

Il passa la main dans ses cheveux et inclina la tête de Charlotte vers l'arrière, exposant sa gorge à ses baisers. Le désir monta subitement en elle alors même que son cerveau lui hurlait de s'assurer qu'il comprenne la situation.

— Ty, c'est important.

Il relâcha ses cheveux et elle regarda ses yeux brûlants.

— Peux-tu m'écouter, s'il te plaît ?

Il caressa sa lèvre inférieure avec le pouce avant de l'embrasser.

— Quoi ?

Les mots trébuchèrent de sa bouche :

— Le médecin m'a averti que si je tombais enceinte, je serais considérée à risque à cause de l'endométriose. J'aimerais vraiment rester ici avec mon médecin et l'hôpital de la ville. C'est le meilleur pour les soins néonataux. Et puis mes amies sont ici. À Los Angeles, j'attendrais seulement que tu rentres à la maison en m'inquiétant pour toi.

Il la serra plus fort.

— Quel genre de risque ?

Charlotte frotta son bras.

— Je ne veux pas que tu t'inquiètes. Il est probable que…

— Dis-le-moi !

Elle choisit soigneusement ses mots, sachant que son frère Alex avait perdu Tammy lors d'une césarienne.

— Ce qui m'inquiète le plus, c'est un accouchement prématuré. C'est pour cela que le soin néonatal est si important. C'est le nom qu'ils donnent aux soins des nouveau-nés prématurés.

— Alors pourrions-nous… perdre le bébé ?

— C'est possible…

— Quoi d'autre ? demanda-t-il en serrant les dents.

Elle inspira profondément.

— Je pourrais avoir une pression sanguine trop élevée, saigner et peut-être nécessiter une césarienne.

— Non, non, NON, dit-il comme si la force de ses paroles pouvait empêcher tout cela d'arriver.

— Le médecin va me surveiller de près. Il se peut que je doive rester allongée plus tard. J'aimerais être à la maison, là où se trouvent mes amies. Elles sont la famille que j'ai choisie.

— Il ne va rien t'arriver. Pas tant que je veille sur toi.

Il la serra longuement contre lui avant de reculer et de caresser son visage, son cou et ses bras. Ce n'était pas sexuel, plutôt une façon mê se rassurer qu'elle allait bien. Il glissa les mains sur ses épaules et dans son dos.

— Char, dit-il d'une voix rauque, le visage peiné. Je ne savais pas du tout que tu pouvais être en danger. J'ai l'impression que c'est de ma faute.

— C'était un heureux hasard, dit-elle. Ce n'est la faute de personne.

Il eut les larmes aux yeux.

— Je ne pourrais pas le supporter si…

Elle caressa la mâchoire rugueuse de Ty.

— Non. Nous allons penser de façon positive.

Elle serra les lèvres un instant, choisissant encore une fois soigneusement ses mots. Elle ne voulait pas qu'il panique à cause de ce qui était arrivé à Tammy.

— Je connaissais les risques. Je les ai acceptés. Je suis en bonne santé sinon, et j'ai de bonnes chances d'avoir une grossesse normale. Je vais voir le médecin lundi. Tu peux me suivre et poser des questions si tu en as.

Il posa la main sur sa mâchoire et parla d'une voix étranglée.

— Je ne veux pas que tu risques quoi que ce soit.

Elle posa la main sur la sienne.

— Moi non plus. C'est comme ça, c'est tout.

Il cligna des paupières plusieurs fois, les yeux mouillés de larmes non versées.

— Maintenant je sais ce que tu ressentais quand tu as dit que tu n'aimais pas mon travail dangereux.

— C'est nul, n'est-ce pas ?

Il poussa un soupir.

— Ouais, c'est nul.

— Tu vois pourquoi j'ai besoin que tu sois en sécurité.

Elle posa la main sur son ventre.

— Pour nous deux.

Il posa son front contre la tête de Charlotte.

— Nous avons besoin d'un plan pour toutes les éventualités.

— Que veux-tu dire ?

— Je vais m'occuper de tout.

Il la fit glisser de ses genoux et la posa sur le canapé.

— Nous devrions faire le plan ensemble.

Il attrapa ses béquilles.

— Ne bouge pas, ordonna-t-il. Tu vas bouger le moins possible.

— Ty, ne sois pas bête. Je me sens bien. Je suis allée courir ce matin.

Il la regarda.

— Non. Je veux que tu restes au calme pendant les neuf prochains mois afin de ne pas secouer les choses là-dedans.

— Tu es sérieux ?

Il pointa une béquille dans sa direction.

— Reste.

Elle leva les yeux au ciel.

— Tu es ridicule.

— Je prends en charge la cuisine et le ménage.

Elle cacha sa joie par un bref froncement de sourcils.

— Je ne sais pas…

— Je sais, dit-il d'une voix qui n'admettait pas d'objection. Détends-toi. C'est ton travail maintenant.

Elle posa les pieds sur la table basse.

— Si tu insistes.

Il serrait la mâchoire de détermination. Tellement sexy.

— Oui.

— Merci.

Il la fixa un instant comme pour déterminer si elle avait vraiment cédé avant de revenir vers elle et de lui faire un baiser rapide.

— Merci à toi pour le plus beau cadeau qui soit.

Elle avait l'impression qu'ils allaient très longtemps se remercier l'un l'autre pour ce cadeau.

Charlotte profitait d'une émission culinaire lorsqu'elle entendit la sonnette peu de temps après sa grande conversation avec Ty. Elle ouvrit et elle vit ses amies rassemblées sur le seuil.

— Salut, dit-elle, surprise de les voir.

La veille, elles avaient déjà traîné ensemble au cinéma et l'avant-veille au club de lecture.

Hailey parla la première.

— Ty m'a envoyé le message, et je cite : réunion d'urgence du club porno chez Charlotte.

Elle pinça les lèvres.

— Sait-il que nous nous appelons le Club de Lecture Happy End ? S'il te plaît, explique-lui que nous sommes des femmes très classe.

— Ouais, ajouta Mad. Nous aurions pu nous appeler les SALOPES.

C'était son idée pour le club de lecture, les Super Adoratrices de Littérature Optimale Pourtant Éternellement Sous-estimée.

Hailey pivota brusquement.

— Veux-tu bien arrêter de rappeler ce nom affreux à tout le monde ?

Elle se retourna vers Charlotte.

— Pouvons-nous entrer ?

Charlotte fit un pas en arrière.

— Bien sûr.

Elle avait prévu d'annoncer la grande nouvelle à ses amies, mais elle avait voulu que Ty soit le premier à l'apprendre. Elle avait beaucoup de mal à se retenir, cependant, et elle était très heureuse de pouvoir partager cela. Dès l'instant où elle avait su qu'elle était enceinte, quelque chose en elle avait changé. C'était une cause plus importante qu'elle-même, qui lui donnait envie de s'ouvrir à ses amies. Bien sûr, elles avaient passé beaucoup de bons moments ensemble, mais Charlotte avait toujours réservé une part d'elle-même, sa réserve naturelle protectrice après son passé merdique. Maintenant, tout était tourné vers l'avenir.

Ty apparut dans le salon en sortant de la cuisine.

— Bonjour mesdames.

Il s'avança vers Charlotte.

— Il vaut mieux que tu retournes sur le canapé.

Il inclina la tête.

— Que t'est-il arrivé ? aboya Mad.

Ty passa les béquilles sous un bras et répondit tout en guidant Charlotte vers le canapé de l'autre main.

— Un saut à moto qui a mal fini, répondit Ty. Dans six semaines je serai comme neuf.

— Un saut de quelle longueur ? demanda Mad.

— Un saut trop long, évidemment, dit Ty.

Il avança vers l'endroit où Charlotte était assise au milieu du canapé.

— Ça va ? Puis-je aller te chercher quelque chose ?

Elle sourit.

— Ça va, merci.

Il hocha la tête.

— Je serai dans la chambre, je vais passer quelques coups de fil.

Il se poussa afin que ses amies puissent rejoindre Charlotte. Hailey s'assit à côté d'elle, Mad de l'autre et toutes les autres – Lauren, Carrie, Ally, Missy, Sabrina et Lexi – s'installèrent en tailleur autour de table basse.

Les yeux de Lauren sortirent de leurs orbites lorsqu'elle aperçut le test de grossesse.

— Oh mon Dieu ! Es-tu enceinte ?

Charlotte rit et échangea un sourire de bonheur avec Ty avant de se tourner vers ses amies.

— Oui.

— Assure-toi qu'elles fassent partie du plan, dit Ty avant de disparaître dans le couloir qui menait à la chambre.

Les femmes se mirent toutes à parler en même temps, faisant tomber un déluge de félicitations rapidement suivi par des questions. Elle leva une main.

— S'il vous plaît, une à la fois.

Hailey intervint tout de suite.

— A-t-il fait sa demande en mariage ? S'il te plaît, laisse-moi organiser votre mariage.

Mad se pencha devant Charlotte et jeta un regard noir à Hailey.

— Ce qu'elle veut dire, bien sûr, c'est 'félicitations'.

Elle examina Charlotte.

— Waouh, je n'arrive pas à croire que Ty devienne papa.

— Oui, félicitations !

Hailey la prit dans ses bras.

— Je savais qu'il y avait quelque chose entre vous. Deux personnes aussi physiques, aimant faire du sport et vivre sainement. J'avais prédit cette union.

Elle leva un doigt.

— En fait, je crois l'avoir encouragé un peu en vantant les mérites de Ty. Ai-je raison ?

Charlotte lui accorda cela.

— Oui.

— Nous sommes tellement heureuses pour toi, dit Lauren en passant la main dans ses cheveux châtains. Ty est-il heureux aussi ?

Charlotte hocha la tête en souriant bêtement.

— Oui.

Elle jeta un coup d'œil vers le couloir où Ty avait disparu, sans doute pour prévoir leur avenir. Elle se retourna vers ses amies.

— Les filles, il est tellement gentil et tendre. Je n'ai jamais rencontré un homme comme lui.

— Attends, mon frère Ty ? demanda Mad. Celui qui a dit à Park qu'il lui cassait la gueule s'il me touchait ? Celui-là ?

— Il ne faisait que veiller sur toi, dit Charlotte. Il aime Park comme un frère, tu le sais. Il voulait seulement que Park fasse un effort et c'est ce qu'il a fait.

Mad poussa un soupir.

— J'aurais pu me passer de son intervention.

— C'est donc pour cela que nous sommes ici ? demanda Hailey. Il ne s'agit que de bonnes nouvelles. Je dois avouer m'être un peu inquiétée à cause de l'urgence de cette réunion.

Charlotte devint sérieuse.

Hailey lui attrapa le bras.

— Dois-je être inquiète ?

Charlotte inspira profondément.

— Je veux être franche avec vous. J'ai du mal à m'ouvrir aux gens, mais il le faut, à partir de maintenant.

Hailey écarquilla les yeux.

— Qu'y a-t-il ? Est-ce que tu te sens bien ?

— Je vais très bien ! dit Charlotte avec un sourire. Bon, laissez-moi commencer par le début. En février, quand j'ai raté notre réunion du club de lecture, c'était parce que je me remettais d'une opération.

— Une opération ! s'exclama Hailey.

— Pourquoi ne nous l'as-tu pas dit ? Nous aurions pu t'aider ! s'exclama Lauren.

— Parce que j'ai l'habitude de ne dépendre de personne, dit Charlotte. C'était laparoscopique, ce qui rend l'opération moins invasive. Bref, c'était parce que je souffre d'endométriose sévère. Des règles extrêmement douloureuses. Ils ont retiré beaucoup de tissu cicatriciel et des kystes. Après, le docteur m'a dit que j'aurais des difficultés à tomber enceinte. Du genre, un pour cent de chances. Elle a recommandé que je réfléchisse à la fécondation in vitro le plus tôt possible. Je suis un peu plus âgée que vous toutes, j'ai trente et un ans.

— Ce n'est pas si vieux, dit Lauren d'une voix apaisante.

Toutes les femmes murmurèrent en acquiesçant.

Charlotte inclina la tête.

— Merci. Pour la fertilité, l'âge fait une grande différence. J'envisageais de faire une FIV avec un donneur de sperme avant de rater ma chance, et puis j'ai rencontré Ty.

Elle se surprit à sourire encore.

— Et il a été simplement… incroyable. Je ne peux même pas croire à quel point je l'aime. Même avant qu'il sache pour la grossesse – que nous venons d'ailleurs de découvrir aujourd'hui seulement – il m'a dit qu'il voulait un avenir avec moi, le mariage, les enfants, le chien, tout.

Les femmes s'exclamèrent en entendant cette nouvelle.

— Des sœurs ! cria Mad en tapant dans la main de Charlotte.

— Vous êtes fiancés ? demanda Hailey en se tortillant d'enthousiasme.

— Oui, et nous voulons que tu prévoies le mariage aussi tôt que possible, dit Charlotte.

Hailey poussa un petit cri et sortit son téléphone.

— Je vais organiser un rendez-vous pour vous deux tout de suite.

— Peux-tu attendre un peu ? demanda Charlotte. Je dois dire autre chose.

Hailey leva brusquement la tête, son air jubilatoire disparaissant de son visage.

— Quoi donc ? Est-ce que tu vas bien ?

Charlotte fixa les traits rose vif sur le test de grossesse. Tant d'espoirs et de promesses dans deux petites lignes. Elle leva la tête.

— Je suis très excitée par la grossesse, mais voici la partie pour laquelle j'ai besoin de vous toutes. Je sais déjà que je suis à risque. Je veux rester ici avec mon médecin, et l'hôpital en ville est le meilleur pour les grossesses compliquées. Même si je voudrais rester avec Ty, je ne veux pas déménager à Los Angeles pendant que je suis enceinte. Il se pourrait que je rester alitée et je ne connais personne là-bas.

— Tu connais Ty, dit Mad. Il t'aidera, c'est certain.

— Oui, mais il travaillera aussi, dit Charlotte. Et c'est une de ces périodes où j'ai besoin d'être…

Elle ne put pas parler pendant un moment à cause de l'émotion qui l'étranglait.

— Je n'ai encore jamais demandé d'aide à personne, mais je vous le demande maintenant, en espérant que vous serez toutes là pour m'aider à traverser ce que cette grossesse nous réserve.

Les femmes se précipitèrent afin de la rassurer qu'elles seraient là pour elle.

— Rassemblez-vous, dit Mad en se levant et en faisant approcher tout le monde pour un câlin de groupe. Mad posa la main au centre du cercle.

— Vos mains, pétasses à la rescousse au bout de trois.

Elle fit le décompte.

— Pétasses à la rescousse ! dirent-elles en chœur.

Les larmes montèrent aux yeux de Charlotte et débordèrent. C'était sûrement pour cela qu'elle avait été si émotive au cours des dernières semaines. Les hormones. Ce n'était pas seulement parce que Ty retournait à Los Angeles. Elle avait révélé tout ce qu'elle gardait généralement bien enfoui en elle.

— Vous êtes comme les sœurs que je n'ai jamais eues. Je vous aime tant.

Les larmes devaient être contagieuses. Bientôt, tout le monde pleura et attendit son tour pour la féliciter et lui faire un câlin. Elles s'installèrent enfin toutes à leur place. Ses amies n'arrêtaient pas de lui sourire, on les aurait crues aussi heureuses qu'elle.

Hailey posa la main sur son bras.

— As-tu peur ?

— J'ai un peu peur, avoua Charlotte, mais je suis surtout follement heureuse.

Carrie, une jeune blonde avec des lunettes, prit la parole.

— N'oublie pas que je suis infirmière pédiatrique. Je peux rester passer la nuit quand je ne travaille pas. On fera tout ce dont tu as besoin, Char.

— Merci, dit Charlotte, encore une fois au bord des larmes.

— Touchons du bois – Lauren tapa sur la table basse, même si elle était en verre –mais si tu dois rester alitée, je nous organiserai des tours de visite et des repas.

— Merci, tout le monde, dit Charlotte.

D'une façon ou d'une autre, savoir qu'elle avait un petit humain dont il fallait s'occuper l'aidait à partager ce dont elle avait besoin.

— Ce qui me fait le plus peur, c'est le travail de Ty. C'est tellement dangereux. Je veux qu'il soit là pour ceci.

— Ce n'est qu'une jambe cassée, dit Mad. C'est déjà arrivé avant.

— Il y a des gens qui meurent de cascades ratées, rétorqua Charlotte.

— Tu veux qu'il abandonne son travail alors qu'il attend un enfant ? demanda Mad. Ça ne me paraît pas une bonne idée.

— Pas complètement, dit Charlotte. Je veux qu'il fasse quelque chose de moins dangereux. Comme coach personnel. Il ne peut pas faire ce travail pour toujours.

Mad secoua la tête.

— Il a déjà été coach personnel. Il s'est ennuyé. Tu ne veux pas qu'il se sente agité et ennuyé et forcé à faire un travail qu'il déteste, n'est-ce pas ?

Charlotte réfléchit. Ty et elle étaient tous deux à risque désormais. Elle voulait bien accepter le risque pour elle-même si la récompense était le bébé à la fin. Il adorait être cascadeur et il choisissait de prendre ce risque pour un travail qu'il aimait. Ils étaient tous les deux pareils. Merde. Elle le comprenait, maintenant. Elle lui demandait de l'aimer et d'accepter sa situation à risque, ce qui signifiait qu'elle devait faire la même chose pour lui. Elle devait s'autoriser à l'aimer inconditionnellement, acceptant qu'il puisse mourir en faisant ce qu'il aimait. Cela ne lui plaisait pas, mais c'était ainsi. Elle ne voulait pas être la raison pour laquelle il abandonnait la carrière de ses rêves et elle ne voulait surtout pas qu'il lui en veuille, à elle et au bébé.

Elle s'aperçut soudain que tout le monde la regardait.

— Bien sûr que je veux que Ty soit heureux. C'est juste que je m'inquiète que nous soyons tous les deux en danger. Nous allons nous débrouiller.

— Est-il possible que tu… meures ? chuchota Mad.

— Je ne sais pas, répondit Charlotte. Peut-être. Je suppose qu'il y a une possibilité. Je n'en ai pas encore parlé au médecin.

— Comment peux-tu ne pas le savoir ? aboya Mad.

Charlotte se tourna vers Mad, surprise par le ton de son amie.

— La grossesse et l'accouchement sont toujours risqués.

— Non, tu as dit que tu étais à risque, rétorqua Mad. Qu'est-ce que cela signifie ?

Charlotte parla avec précaution, ne souhaitant pas alarmer Mad étant donné ce qui était arrivé à Tammy.

— Les risques que je connais pour l'instant sont gérables. Le bébé pourrait naître prématurément. Il se peut qu'il me faille une césarienne. Je pourrais faire une pré-éclampsie, c'est-à-dire une pression sanguine trop élevée. Je pourrais faire une hémorragie.

Mad souffla.

Charlotte se précipita.

— Mais avec des soins de qualité et un bon système de soutien, je devrais très bien m'en sortir. Et je suis certaine d'avoir les deux.

— Une césarienne, dit Mad à voix basse. C'est ainsi que Tammy est morte, en accouchant de Viv.

Lauren inspira brusquement.

— Viv n'a jamais connu sa mère ? La pauvre.

Les femmes murmurèrent leur compassion pour Alex et Viv.

— Ty doit paniquer, dit Mad. Oh, Charlotte.

Sa voix s'étrangla et elle jura comme un charretier, essuyant avec les poings les larmes de ses yeux.

Ses amies observèrent toutes Charlotte pendant un long moment solennel.

— Mais j'ai encore de fortes probabilités de vivre une grossesse en bonne santé, les rassura Charlotte. Il faut juste que je sois surveillée de près.

Elle n'avait pas connu Tammy et elle était bien trop excitée par son petit miracle pour passer du temps à réfléchir aux risques. Elle allait prendre des précautions, oui, mais elle avait également l'intention de profiter de chaque instant. C'était peut-être sa seule et unique grossesse.

— Charlotte a raison, il y a de fortes probabilités pour que tout aille bien, dit Hailey d'un ton rassurant. Nous allons faire en sorte que tu restes à faible risque, et Ty aussi.

— Comment vas-tu faire ça ? demanda Mad.

Hailey se pencha autour de Charlotte pour parler directement à Mad.

— Je suis bien plus qu'une organisatrice de mariages entremetteuse. J'ai des connexions dans toutes sortes d'industries. Nous allons trouver un moyen pour que Ty ait la carrière qu'il aime avec moins de risques et nous allons toutes prendre soin de Charlotte.

Un léger malaise fit prendre la parole à Charlotte.

— Ne vous inquiétez pas pour Ty. Je vais lui parler.

Hailey continua comme si Charlotte n'avait rien dit, elle était déjà passée en mode de planification intense.

— Nous allons informer Julia et Claire. Je veux que tout le monde mette la main à la pâte !

Elles étaient autrefois toutes deux dans le club de lecture. Julia était partie quand elle avait eu sa fille, Grace. Désormais elle passait tout son temps à s'occuper de Grace et à écrire ses romances érotiques pendant les siestes de sa fille. Claire était absente à cause de sa carrière de star du cinéma.

Hailey attrapa son téléphone et partit à la cuisine. Charlotte espérait vraiment que Hailey n'allait pas faire quelque chose de fou. Charlotte n'avait même pas encore parlé à Ty. Elle voulait qu'il sache qu'elle ne l'empêcherait pas de faire ce qu'il aimait, même si c'était dur pour elle. Elle voulait surtout qu'il soit heureux. Maintenant qu'elle y pensait, qui appelait-il ?

Dix minutes plus tard, Hailey passa la tête hors de la cuisine pour dire que Julia avait invité Charlotte à appeler ou à passer quand elle le voulait avec toutes les questions qu'elle pouvait avoir, et elle avait même proposé sa belle-mère pour le baby-sitting.

— Madame Marino est géniale avec les enfants, ajouta Missy. C'est aussi la belle-mère de ma sœur. Elle garde régulièrement tous les petits-enfants chez elle. Tu devrais venir dîner le dimanche soir. Je suis certaine qu'elle adore-rait te rencontrer et t'aider.

— Mais je ne connais même pas la famille de Julia, dit Charlotte.

— Mais si, mais si, tu les connais, intervint Mad. Nico Marino est le patron de Park. Maintenant tu es ma sœur, alors c'est presque de la famille aussi.

Charlotte ne savait pas très bien en quoi tout ceci était logique, mais comme elle n'avait pas de famille sur laquelle elle pouvait compter, elle était contente d'avoir un peu de famille dans sa vie.

— Tu serais surprise, dit Missy. Les Marino, ils t'ac-cueillent et te donnent l'impression de faire partie de leur famille.

— C'est ce que fait ma famille, dit Mad, presque comme s'il s'agissait d'une compétition. Tu peux faire partie de la nôtre. Dès que Ty se bouge le cul et rend les choses officielles.

Charlotte rit.

— Ne l'embête pas. J'ai l'impression qu'il prévoit déjà quelque chose.

Hailey passa encore une fois la tête hors de la cuisine et fit un geste à Charlotte.

— Claire veut te parler.

Charlotte prit le téléphone.

— Salut, Claire, comment vas-tu ? La vie d'épouse te plaît ?

— J'adore, répondit Claire de sa voix sexy. Si je n'étais pas à Vancouver, je serais en train de te faire un gros câlin en ce moment même. Félicitations ! Je suis tellement contente pour toi. Hailey m'a dit à quel point c'est un miracle et cela n'aurait pas pu arriver à un couple plus gentil.

— Merci.

Elle fut un peu surprise que Claire parle de façon si positive de Ty, car la dernière fois qu'elle les avait vus ensemble à son mariage, Charlotte avait été furieuse contre lui.

Claire poursuivit presque comme si elle avait entendu les pensées de Charlotte.

— Ty est quelqu'un de bien. Et ne laisse pas les gros muscles et la voix tonitruante te tromper, c'est un gros nounours sensible là-dessous. Tu sais, la veille de notre mariage, Jake avait les larmes aux yeux en entendant ses souhaits sincères pour notre avenir. Et Jake n'est pas du genre à pleurer ! C'était un de ces discours qui passent sous vos défenses et vont directement au cœur. J'aurais aimé être là. C'était quelque chose du genre qu'il avait toujours admiré Jake en tant que grand frère et en tant qu'homme et que Jake lui avait appris par l'exemple à suivre son cœur, et à quel point Jake réussissait dans tous les aspects de sa vie. Mais c'était *bien* mieux que ça.

Charlotte sourit.

— Oui, il est du genre à faire ça.

— Je sais que je ne suis pas avec vous toutes aussi souvent que je le voudrais, mais je vais faire tout ce que je peux pour aider.

— Merci. J'apprécie.

— Fais une liste de naissance. J'achèterai absolument tout et je n'accepterai aucune objection.

Charlotte sourit.

— D'accord.

— Tu vois ? Tu sais qu'il vaut mieux ne pas me contredire. Allez, reste forte, ma sœur. Je serai de retour dans le Connecticut à temps pour ton troisième trimestre et ton accouchement. Tu viens de le découvrir, n'est-ce pas ? Ça fait quoi, un mois ?

— Je crois.

— Merveilleux. Je reviens tourner *Amour Féroce* le premier septembre et je passerai voir à quel point tu t'en sors bien à chaque instant de libre. Oh ! Je vais passer quelques coups de fil et m'assurer que les meilleurs spécialistes sont prêts pour toi et le bébé.

— Merci, Claire, ça compte beaucoup. Plus que tu ne le sais.

Elle aimait son médecin, mais elle appréciait de savoir qu'il y en avait d'autres en coulisses si elle en avait besoin.

— Je suis tellement contente que tu nous laisses prendre part à ce moment immense de ta vie. Crois-moi, je sais à quel point il est difficile de s'ouvrir aux gens. Tu me ressembles beaucoup par cet aspect. Je vais parler de Ty à

Jake et voir comment baisser le niveau des risques qu'il prend afin que nous soyons tous à l'aise.

— Oh, Claire, tu n'as pas besoin de faire ça. Je vais lui parler. Je ne veux pas qu'il se sente…

— Contente-toi de te détendre. Tes sœurs s'occupent de toi. Ciao !

Elle raccrocha.

Oh la la. Il y avait tant de personnes qui faisaient des plans sans elle. Elle savait que c'était avec de bonnes intentions, mais à un moment donné elle allait devoir forcer tout le monde dans la même direction. Elle secoua la tête en souriant. C'était un problème agréable. Elle avait passé toute sa vie à tout faire toute seule. Maintenant, elle avait largement assez d'aide. Tout allait bien se passer.

Ty apparut soudain devant elle.

— Je reste dans le Connecticut jusqu'à la naissance du bébé. Je viens de prendre des congés.

— Super !

Elle jeta les bras autour de son cou.

— Hé, pas de mouvements brusques. Tout doux. Retourne lentement vers le canapé.

Elle retint un rire, sachant que son inquiétude était bienveillante. Elle allait l'éduquer sur la grossesse plus tard.

16

Ce soir-là Ty fit la vaisselle afin que Charlotte puisse rester assise. Tout dans cette grossesse lui semblait fragile et délicat. Il n'avait même pas pu coucher avec elle plus tôt. Pas à cause de Charlotte, elle était tout à fait partante, essayant de le séduire dès que ses amies furent parties. Il avait interrompu la chose, car il ne pouvait s'empêcher de penser au risque de secouer accidentellement le bébé ou de le pousser. Charlotte avait prétendu devoir l'éduquer sur les grossesses, ce qui l'irritait, car pour elle aussi, tout ceci était nouveau, mais elle l'avait alors pris dans sa bouche brûlante en suçant exactement comme il fallait. S'ils devaient s'en tenir aux pipes pour sa sécurité, il s'en remettrait.

Vous voyez ? Il commençait déjà à s'habituer à être un bon mari.

Il termina, attrapa ses béquilles et rejoignit Charlotte qui regardait une émission de télé-réalité au sujet d'une femme enceinte. Il jeta un coup d'œil à la femme – très enceinte et marchant dans le couloir d'un hôpital avec une intraveineuse – et il eut immédiatement la nausée. C'était bien trop facile d'imaginer qu'il s'agissait de Charlotte. Et il serait là, à l'hôpital, à l'attendre, impuissant, sans savoir si tout allait bien se passer. Il attrapa la télécommande et changea de chaîne.

— Hé ! protesta Charlotte. Ça commençait juste à devenir intéressant.

Le journal télévisé se mit à beugler et il ne put pas le supporter. Il éteignit la télé et il fit courir ses mains le long des bras de Charlotte, ayant besoin de ce contact rassurant.

— Que puis-je faire pour te garder en sécurité ?

— Je suis en sécurité.

Il prit ses mains et les serra.

— Je veux dire toi et le bébé. En sécurité et en bonne santé, c'est tout ce que je veux.

Elle sourit.

— Tu es tellement adorable. Tout va bien. Toutes ces histoires de risque n'ont lieu que plus tard dans la grossesse. Nous avons quelques mois sans inquiétude.

Cela n'allait pas faire diminuer la quantité d'énergie anxieuse qui parcourait son corps. Il avait envie de faire les cent pas, ou de courir, ou de casser la figure à quelqu'un. Bien sûr, il ne le pouvait pas avec sa jambe cassée. Irrité, il tapota sa cuisse.

— Je sais ce qui te ferait du bien, dit-elle avec une touche de séduction dans la voix.

— Je ne veux pas de pipe maintenant, dit-il en passant les mains dans ses cheveux. Je suis en train de péter un câble, au cas où tu ne l'aurais pas vu.

Il avait passé quelques appels téléphoniques, essayant de façonner un plan qui lui semblait logique, mais il y avait trop de questions en suspens, trop d'incertitudes.

— Tu paniques depuis que tu es arrivé ici. Je sais que c'était un choc. Laisse-moi t'aider.

Elle lui fit un sourire sexy et commença à ôter son T-shirt.

Il attrapa le bas de son T-shirt et le remit en place.

— Garde-le. Nous n'aurons pas de sexe tant que le bébé n'est pas né et puis ensuite, seulement quand le médecin dira que tu vas bien.

— Sérieusement ? demanda-t-elle, incrédule.

— Sérieusement.

Elle lui fit un petit sourire espiègle.

— Mais nous pouvons quand même nous faire des câlins et des bisous, hein ?

Il l'observa avec méfiance. Il avait l'impression que c'était une porte vers des choses plus intenses.

Elle haussa une épaule.

— D'accord, nous nous contenterons de traîner ensemble.

— Oh non, tu ne peux pas me tromper en parlant de 'traîner ensemble'. C'est ma technique. Comment crois-tu que nous en sommes arrivés là ? Traîner ensemble, c'est un code pour dire 'mettons-nous tout nu'.

Elle rit et elle jeta ses bras autour de lui.

— Je n'en avais pas conscience.

— Ce n'est pas drôle ! Je suis… écoute… reste immobile, d'accord ? Pas de mouvements brusques. Détends-toi sur le canapé pendant le reste de ta grossesse et je m'occuperai de tout.

Elle leva les sourcils.

— Tu sais que je dois travailler lundi après le rendez-vous du médecin.

— Bébé, tu ne vas pas faire de sport. Tu ne feras *rien*.

Absolument rien sauf faire grandir notre bébé en bonne santé.

Elle l'embrassa.

— Nous en parlerons au médecin. La dernière fois que j'ai vérifié, tu n'étais pas docteur.

Il la tira sur ses genoux d'un geste lent, la posant de profil contre lui, veillant à ne pas la secouer près de son ventre.

— Tu n'es pas obligé de me traiter comme si j'étais fragile.

Elle le serra fort.

— Fais-moi un de tes câlins typiques.

Il serra doucement.

— Quand pouvons-nous nous marier ?

— Dès que Hailey aura le temps de s'occuper de nous, je suppose. Je ne sais pas tellement tout ce qu'il faut faire avec la publication des bans et tout, mais elle le saura. Contacte-la, elle est ravie de s'en occuper. Il nous suffit de fixer une date puis d'avertir les gens. Je ne suis pas en bons termes avec ma mère, alors je me contenterai d'inviter mes amis, mon patron et toi, bien sûr.

Elle fit un grand sourire avant de poursuivre :

— La vie est belle. Profitons-en.

Il sentit son cœur ralentir, rassuré que la partie mariage soit au moins réglée.

— Je ferai venir ma famille. Je vais voir si Claire et Jake peuvent trouver un vol.

— Ça ne te dérange pas de te marier avec des béquilles ? Elles seront sur toutes les photos.

— J'aurai une botte de marche dans quelques semaines. Ce sera mieux que d'attendre et de t'avoir très enceinte sur les photos.

— Ça m'est égal. Je suis tellement heureuse. C'est mon propre miracle.

— C'est notre miracle, dit-il en frôlant ses lèvres avec les siennes.

Il posa la main sur sa joue, caressant la peau douce avec son pouce.

Elle fit une petite danse sur ses genoux.

— Mon homme, chuchota-t-elle en passant les mains dans les cheveux de Ty avant de l'embrasser. Il décida rapidement que les baisers étaient autorisés et ils s'embrassèrent longuement.

L'instant d'après, elle le suppliait de la satisfaire. Cela se passait *toujours* ainsi. Il embrassait très bien. Il avait peut-être laissé traîner ses mains, aussi.

Il tint sa tête d'une main.

— Allez, bébé, je t'ai dit que nous ne le ferions pas pendant un moment. Je vais te faire un cunni cette fois.

— Nous avons fait l'amour pendant des semaines avant que je sois au courant. Souviens-toi comme je t'ai baisé durement la dernière fois, encore et encore...

Elle écarta les lèvres en soupirant. Elle fit lentement remonter ses mains sur ses seins, son cou, son visage et dans ses cheveux. Des mots cochons en se touchant, cette femme était perfide.

Sa queue devint bleue et dure comme l'acier.

Elle continua d'une voix sensuelle en descendant la main dans son cou.

— En haut et en bas, si *profondément*.

Sa bite pulsa.

— D'accord, d'accord, mais tout doucement. Très lentement. C'est moi qui contrôle.

Elle lui fit un petit sourire.

— D'accord.

Il lui fit signe de venir dans la chambre à coucher. Une fois arrivés, ils se déshabillèrent en un temps record. Il la plaça en haut afin de ne pas la heurter accidentellement avec son plâtre. Elle poussa un long soupir sexy en le prenant lentement, centimètre par centimètre. Bonheur brûlant. Il la fit balancer doucement, la tenant assise avec le dos droit, sa cavalière préférée. Elle faisait ces petits bruits sexy et il sentit sa maîtrise lui échapper, car cela faisait un moment depuis la dernière fois. Lorsqu'il eut l'impression de devoir la pénétrer plus fort, il l'attrapa par la taille et il essaya de l'éloigner, mais elle s'accrocha avec les mains et ses cuisses musclées.

— Jusqu'au bout, l'encouragea-t-elle comme une cowgirl exigeante. Donne-moi ce dont j'ai besoin. Ce que tu es le seul à pouvoir me donner.

Elle avait les meilleures paroles salaces.

— C'est ça, bébé, je te donne ce dont tu as besoin.

Il caressa son centre glissant, la faisant balancer doucement, puis il augmenta la pression de ses doigts. Elle retint sa respiration.

Il ralentit.

— Respire normalement. Doucement, doucement.

Elle attrapa son poignet et le força à appuyer plus fort.

— Oui, dit-elle en gémissant.

Il ralentit, la caressant fermement comme elle l'aimait. Elle ferma les yeux, basculant la tête en arrière comme si elle se détendait.

— Oui, c'est ça, dit-il. Tout doucement.

Il la fit aller et venir avec douceur, son propre plaisir augmentant sous les soupirs de Charlotte.

Elle se mit à bouger plus vite et le plaisir monta d'un cran pour tous les deux. Il la sentit se serrer autour de lui, il sut qu'elle allait jouir et il s'arrêta afin de ne pas la pénétrer instinctivement avec force. Il la garda immobile aussi, une main serrée sur sa hanche pendant que l'autre main la caressait de plus en plus fort et vite. Il regarda son visage, sa mâchoire qui se détendit, puis ce merveilleux moment de pure extase lorsque son corps se serra autour de lui. Il sentit sa verge épaissir. Charlotte frissonna avec un long gémissement et il la maintint tout ce temps, la gardant aussi immobile que possible, contrôlant tout de près.

Elle ouvrit lentement les yeux et elle lui fit un sourire niais.

— T'es le meilleur.

Il sourit.

— Je sais.

— J'ai le droit de bouger, maintenant ?

— De petits mouvements contrôlés.

— Comme ça ?

Elle balança son bassin plus vite qu'il ne l'avait laissé faire avant, et ce fut si bon qu'il ne l'arrêta pas.

— Oui, exactement comme...

Et il jouit. Il la tint par les hanches, pompant en elle, incapable de contrôler ses propres mouvements. Il se relâcha enfin. Il regarda alors ses yeux doux et marron.

— Ça va ?

Elle sourit.

— Je me sens très bien.

Il la souleva pour la déposer sur le lit et il roula doucement sur le côté, en faisant attention à son plâtre. Il la prit dans ses bras avec précaution, posant la tête de Charlotte sur son torse. Elle passa les bras autour de sa taille et elle le serra fort.

— Fais-moi un vrai câlin, dit-elle. C'est bon pour le bébé de savoir à quel point nous nous aimons.

Il la serra un peu plus fort et elle soupira. Il caressa ses cheveux, son dos, puis de ses épaules à ses poignets, ayant besoin de se rassurer qu'elle allait bien.

Il avait l'impression que son cœur se baladait tout nu et exposé en dehors de son corps.

Il aurait aimé pouvoir ranger son cœur – elle – dans un endroit sûr. Comme une bulle dans une magnifique clairière entourée de personnel médical.

Il devenait fou.

— Je pense que je me sentirais mieux quand j'aurai parlé avec ton médecin, dit-il.

— Je le crois aussi.

Elle leva la tête et le regarda dans les yeux.

— Oh, Ty, je n'ai encore jamais été aussi heureuse de ma vie. Je n'aurais jamais cru ressentir ceci pour qui que ce soit et la grossesse fait passer les choses dans une tout autre dimension merveilleuse.

— Moi aussi, je suis content, dit-il parce qu'il était heureux.

Mais il pensait également qu'il n'avait encore jamais été aussi effrayé de sa vie et pourtant il avait fait de nombreuses choses risquées pour son travail. Il posa la tête de Charlotte contre son épaule et la serra contre lui.

La seule chose qui pouvait l'aider à se sentir mieux, c'était de s'occuper de Charlotte vingt-quatre heures sur vingt-quatre et sept jours sur sept. Il lui tardait de mettre son plan en route à partir de lundi, après son rendez-vous chez le médecin. En attendant, il allait voir Alex le lendemain, dimanche soir, afin d'obtenir tous les détails de l'homme qui avait vécu une grossesse à risque et qui avait payé le prix ultime.

Le lendemain soir, Ty était épuisé après avoir passé la journée à essayer de forcer Charlotte à se reposer. Cette femme était incroyablement énergique malgré son état. Elle ne voulait se reposer que toute nue au lit, ce qui exigeait des quantités énormes d'énergie de la part de Ty pour l'empêcher de devenir trop excitée.

Il posa les coudes sur la table de la cuisine de son père et reposa sa tête entre ses mains, attendant qu'Alex couche Viv à l'étage dans l'ancienne chambre de Mad. Ils s'étaient rejoints ici parce qu'Alex était certain qu'elle allait s'endormir pendant le trajet, ce qui facilitait la discussion. Chez lui, l'heure du coucher n'était jamais une certitude, une 'cible mouvante', comme disait Alex. Ils n'étaient que trois ce soir-là. Leur père était sorti travailler pour son mi-temps de garde de sécurité dans un centre d'affaires.

— Réveille-toi, dit Alex.

Ty leva la tête et sourit.

— Hé, je suis réveillé.

Pour la première fois depuis longtemps, Ty examina vraiment son frère pour voir comment il s'en sortait dans son rôle de père. Ses cheveux bruns étaient coupés plus court qu'ils ne l'avaient été avant Viv, en particulier sur les côtés, comme s'il avait peut-être lui-même pris la paire de ciseaux. Sa mâchoire était saupoudrée de poils de barbe datant d'au moins quelques jours et il y avait des cernes sombres sous ses yeux. Il était étonnamment musclé et en forme. Ty le vit sous le T-shirt bleu que portait Alex. Pas de ventre non plus.

— Tu continues à faire du sport ? demanda Ty.

Son passé de coach personnel le rendait curieux.

Alex sourit brièvement.

— Merci de l'avoir remarqué. Tu veux boire quelque chose ?

— Juste de l'eau.

Alex alla chercher deux verres, les remplit au lavabo, y jeta quelques glaçons et le rejoignit à table.

— Merci, dit Ty. Quand trouves-tu le temps de faire du sport avec tes clients et Viv ?

Alex n'arrivait pas à garder une nounou assez longtemps pour travailler efficacement. Ce n'était pas entièrement de sa faute, car même si son frère ne tolérait pas les paresseux en ce qui concernait sa fille, c'était essentiellement parce que Viv était pénible. La petite n'y pouvait rien, elle avait les affreux gènes Campbell – elle ressemblait terriblement à Mad au même âge – et sa mère, Tammy, avait été un esprit libre, une artiste comme Alex l'était avant qu'ils doivent payer les factures.

— Je fais du sport avec Viv, dit Alex. C'est mon contrepoids. Onze kilos et demi et à mesure qu'elle grandit et qu'elle prend du poids, mon entraînement s'intensifie.

— C'est génial.

Une séance d'entraînement pour les parents et leurs enfants prenait déjà forme dans le cerveau de Ty.

— Faut que je voie ça.

Alex sourit.

— C'est à quatre heures qu'on est les meilleurs ! Elle pense simplement que c'est un jeu amusant.

— Alors tu te sers d'elle comme d'un poids ?

— Ouais, je la soulève plusieurs fois.

Il fit quelques flexions des biceps.

— Je la soulève aussi au-dessus de ma tête.

— Quoi d'autre ?

— Je la pose sur mon dos quand je fais des pompes, elle s'assoit sur mes pieds pour les abdos, et puis je la fais passer sur mes tibias et je la soulève ainsi également. Et puis nous dansons.

— Tu danses ?

Qui aurait cru que les frères Campbell étaient des danseurs ? Ty avait appris très vite avec l'aide d'un chorégraphe professionnel, mais Alex, il ne l'avait jamais vu faire autre chose qu'un slow au ralenti.

Alex but quelques gorgées.

— Oui. Juste pour faire un peu d'aérobic, gloussa-t-il. C'est sa partie préférée. Elle dit que c'est la fête et bon sang, elle devient très bruyante.

En voyant le regard perplexe de Ty, Alex ajouta :

— Elle chante en faisant beaucoup de bruit. À te percer les tympans.

— Que chante-t-elle ?

Il espérait qu'il ne s'agisse pas de la musique d'Alex, des chansons alternatives avec des paroles qui n'étaient pas du tout appropriées pour une gamine de deux ans.

Le cou d'Alex rougit légèrement.

— J'ai entendu dire qu'il était temps de te féliciter. Tu es excité ?

— Je suis mort de peur.

— Pourquoi ?

— Elle est à risque. Du tissu cicatriciel a été retiré par une opération et cela peut causer des problèmes à la fois pour elle et pour le bébé.

— Oh, merde.

— Ouais. Le médecin ne lui a donné qu'un pour cent de chances de tomber enceinte.

— Tu as du sperme de champion, hein, mon vieux ?

Il ne pouvait même pas plaisanter à ce sujet. Il était paniqué à ce point. Il énuméra tous les risques auxquels il pensait sans cesse.

— Il se pourrait qu'elle ait besoin d'une césarienne, qu'elle fasse une hémorragie, que le bébé arrive trop tôt.

Il passa une main dans ses cheveux.

— Comment cela s'est-il passé pour Tammy et toi ? Saviez-vous dès le début qu'il y avait un grand risque ?

Alex pinça les lèvres. Il resta silencieux si longtemps que Ty fut sur le point de lui dire d'oublier ça, lorsqu'Alex parla enfin en fixant la table.

— Tammy n'était pas du tout à risque. Tout s'est tellement bien passé pendant la grossesse. Elle était en parfaite santé.

Alex se frotta le cou.

— J'ai voulu l'épouser tout de suite, dès que nous avons appris qu'elle était enceinte, mais elle a voulu attendre la naissance de Viv.

— Je sais, dit Ty doucement. Tu n'es pas obligé d'en parler si c'est trop dur.

— Non, ça va. Ça fait deux ans.

Alex leva enfin la tête, ses yeux marron emplis de larmes, ce qui fit larmoyer Ty par compassion.

— Les choses ont commencé à mal tourner pendant l'accouchement, et puis le pouls du bébé a brusquement chuté. Ils ont voulu faire une césarienne immédiatement. Ils ont dû lui faire une anesthésie générale, ce qui est plus risqué, mais il était trop tard pour une épidurale. Elle n'avait encore jamais été anesthésiée.

Il s'éclaircit la gorge.

— C'est une procédure courante, normalement tout se passe bien. Ce qui lui est arrivé est rare.

Alex regarda au loin, comme s'il se souvenait de cet instant.

— J'étais là, dans la salle d'opération. Viv sort, elle est en bonne santé. Je suis tellement heureux. Et puis Tammy, son corps s'est brusquement arrêté de fonctionner. Les moniteurs sont devenus fous, avec des bips et des alarmes dans tous les sens : son cœur s'est arrêté. Ils ont essayé de la réanimer. J'étais juste à côté, je l'ai regardée mourir.

— Je suis vraiment désolé, dit Ty.

— Elle n'a jamais pu voir Viv.

Il regarda Ty dans les yeux, les paupières baissées de chagrin.

— Tu peux imaginer ça ?

Ty secoua la tête, les yeux brûlants de larmes d'empathie, mais il resta assis en silence, laissant à Alex l'espace dont il avait besoin pour parler. Il n'était pas certain que son frère ait déjà parlé de tous les détails avec quelqu'un. C'était la première fois qu'il entendait tout cela.

— Je n'ai rien pu faire, dit Alex d'une voix vide. Personne ne pouvait rien faire. C'était un bon hôpital, de bons médecins : c'était seulement le risque de l'opération. De n'importe quelle opération.

Ty posa une main lourde sur l'épaule de son frère.

Alex hocha la tête en signe de remerciement silencieux et but une autre gorgée d'eau.

— Je suppose que je ne t'aide pas vraiment.

— Je suis content que tu m'aies raconté tout ça.

En résumé, le pire pouvait toujours arriver, même dans une situation à faible risque.

— Comment fais-tu pour tout gérer ? demanda enfin Ty lorsqu'il comprit la réalité d'Alex qui était à la fois la mère et le père.

Franchement, il n'y avait pas tellement réfléchi. Il savait que leur père l'aidait beaucoup avec Viv, et Alex semblait si naturel avec elle, comme s'il savait instinctivement quoi faire. Cela devait être difficile. Ty avait été de l'autre côté du pays et il n'avait pas tellement vu son frère à l'œuvre dans son rôle de père.

— Je m'en sors parce que j'y suis obligé, dit simplement Alex.

Ty baissa la voix, presque effrayé de poser la question suivante, mais ayant besoin de savoir au cas où tout cela se reproduisait pour lui.

— Comment as-tu pu continuer après avoir perdu Tammy et en te retrouvant soudain avec ce bébé ?

— Papa ! hurla Viv.

Alex se leva.

— Voilà comment. Elle a besoin de moi : je suis là.

Il sortit de la pièce à grands pas.

Ty le suivit plus lentement avec ses béquilles. Alex souleva Viv qui était déjà à mi-chemin des escaliers dans son pyjama bleu avec un dinosaure rose. Ses cheveux châtains ondulés étaient ébouriffés, ses joues roses.

— Où sont tes chaussettes ? demanda Alex.

Viv indiqua le haut des marches. Alex porta Viv d'un bras en haut des marches, récupéra les chaussettes dans le couloir avec l'autre bras, la redescendit au rez-de-chaussée et s'arrêta, lui remettant les chaussettes d'une seule main. Viv avait posé la tête sur l'épaule d'Alex, elle suçait son pouce en se tortillant les cheveux. Alex était tout pour elle.

— Allons-y, dit Alex à Ty. Il faut que je la ramène à la maison et que je la couche dans son propre lit pour la nuit.

Ty le suivit dehors.

— Et ne t'inquiète pas autant, dit Alex en marchant vers la voiture. Joue les cartes qui t'ont été distribuées. Tu découvriras les choses en chemin. Je ne dis pas que c'est facile, mais… tu t'en sortiras.

Ty sentit jusque dans ses os que c'était la vérité. Il savait aussi qu'il ne regarderait plus jamais Alex de la même façon. Il était maintenant au courant de toutes les petites choses qu'Alex faisait avec Viv, depuis la manière de l'attacher sur son siège jusqu'à la façon dont il lui parlait tout en la recouvrant de sa petite couverture en polaire jaune.

— Tu es mon nouveau héros, dit Ty une fois qu'Alex fut installé dans la voiture.

Alex éclata de rire.

— Ouais, d'accord, mais ne regarde pas dans les coulisses.

17

Le rendez-vous de lundi chez le médecin permit à Ty de souffler. Charlotte avait eu raison : elle avait de bonnes chances d'avoir une grossesse en bonne santé. Elle pouvait même continuer à faire du sport pendant les premiers mois en prenant quelques précautions, ce qu'elle promit à Ty. Après le rendez-vous du médecin, Charlotte le conduisit au garage où travaillait Park pour la suite de son plan. Il ne pouvait pas conduire en ayant la jambe droite dans un plâtre. Heureusement, elle n'avait pas besoin de travailler avant la fin de l'après-midi. Il lui avait dit d'attendre dans la voiture, car il ne lui fallait que quelques minutes, mais en réalité, il voulait simplement qu'elle ne reste pas debout. Il savait que ce n'était pas logique. Elle retournait au travail après, mais il ressentait le besoin de la protéger quand il était avec elle. Il fallait qu'il fasse quelque chose en tant que père et futur mari.

Park essuya les mains sur un torchon et sortit du garage où il travaillait sur une Ferrari Dino rouge.

— Salut, que fais-tu ici ?

Ty s'approcha de la voiture.

— Quelle beauté. Début des années soixante-dix ?

Park sourit.

— C'est une 246 GT Dino Coupé de 1972. Un seul propriétaire. Elle atteindra un bon prix aux enchères.

Ty hocha la tête, encore plus heureux que d'habitude d'entendre Park parler de voitures.

— Comment vas-tu ? Ils te traitent bien par ici ?

Il jeta un coup d'œil vers le parking pour s'assurer que Charlotte était toujours dans la voiture, à se détendre comme il le lui avait dit.

— Je n'ai pas à me plaindre, dit Park. J'ai de super projets. Nico là-bas…

Il inclina la tête en direction d'un Italien aux cheveux bruns qui vint chercher un outil avant de disparaître sous le capot d'une autre Ferrari.

—… Il sait tout au sujet des voitures classiques.

Il baissa la voix.

— C'est le propriétaire.

— Présente-nous, dit Ty.

Park se déplaça et Ty le suivit.

— Nico, mon ami Ty a demandé à te rencontrer.

Nico se redressa, sortant un torchon de la poche de son bleu de travail et s'essuyant les mains avant de serrer celle de Ty.

— Ravi de te rencontrer, Ty. Tu cherches une voiture classique ?

Ty secoua la tête.

— Pas tout de suite. J'ai besoin d'un tank pour garder ma dame en sécurité. Elle est enceinte.

Nico fit un sourire que même Ty dut admettre être comparable à celui d'une star de cinéma.

— Félicitations. C'est merveilleux. J'ai une fille de vingt et un mois, Chloe, et une autre en route. Ma femme pense que c'est une autre fille, mais je parie sur un garçon. Il y a beaucoup de garçons dans notre famille.

Ty rit.

— Ouais, dans la nôtre aussi. Je ne sais pas ce que nous allons avoir, mais tant que le bébé est en bonne santé…

— Oui, absolument, dit Nico.

— C'est un bel endroit que tu as là, dit Ty en indiquant le garage et le magasin d'exposition.

— Merci, répondit Nico en le regardant, dans l'expectative.

Ty en vint aux faits.

— As-tu déjà envisagé de faire une émission de télé-réalité sur tout ce que tu fais ici ?

Il avait besoin d'un boulot payé qui lui permettait de rester près de Charlotte au moins jusqu'à la naissance du bébé. La majorité de son argent était investie dans sa maison de Los Angeles, où il espérait qu'ils iraient vivre une fois que le bébé serait là. Il se dit que si tout fonctionnait bien avec l'émission de télé-réalité, il pourrait la faire passer dans son emploi du temps entre deux cascades pour les films.

Park fixa Ty, bouche bée. Ty aurait sans doute dû mentionner son idée à Park d'abord.

Nico grimaça.

— Une émission de télé, tu veux dire ?

— Ouais, répondit Ty en remplissant sa voix d'enthousiasme. Les caméras te suivraient quand tu trouves une voiture classique et puis on montrerait l'avant et l'après de sa restauration.

Nico secoua la tête.

— Ça ne m'intéresse pas du tout de passer à la télé.

— Cela pourrait être bon pour vos affaires, dit Ty. Une couverture nationale. Des gens viendraient de partout pour vous acheter des voitures classiques. Mon frère pourrait également créer un site Internet, où les gens pourraient faire leurs achats en ligne.

Alex était graphiste sur de nombreux projets, y compris pour le design de sites Internet.

Nico sembla envisager la question.

Ty se précipita.

— Cela ne te coûterait pas un centime. Claire Jordan est ma belle-sœur. Elle pourrait produire le programme avec son entreprise.

C'était la partie suivante de son plan, mais il avait d'abord besoin que Nico et Park soient partants.

Nico hocha la tête.

— Je connais Claire. Elle a fait les films des livres de ma belle-sœur Julia. La trilogie Féroce. J'ai été figurant dans une scène.

Il frissonna.

— Ce travail-là est tellement ennuyeux.

— Oui, c'est elle, poursuivit Ty. Tu n'aurais pas besoin de passer à la télé si tu ne le veux pas. Nous pourrions seulement le faire pour les projets de Park.

Il indiqua son frère avec le pouce.

— C'est ton idée ? demanda Nico à Park.

— Tout ça est aussi nouveau pour moi, répondit Park.

Ty continua.

— Je serai l'animateur et Park sera le conseiller technique. Je suis cascadeur et je travaille tout le temps devant les caméras.

Park leva la main.

— Ho, Ty, je ne suis jamais passé à la télé. Je suis certain d'ennuyer les spectateurs.

Ty lui donna une tape dans le dos.

— Non. Quand tu parles de voitures, tu es intéressant.

— Merci, trop sympa, répondit Park sèchement.

Nico gloussa.

Ty se tourna vers Nico.

— Penses-y. Cela pourrait être un véritable coup de pouce pour ton affaire. Si tu es d'accord, j'en parlerai à Claire et je lui demanderai de te contacter pour discuter des détails. Tu serais dédommagé pour le dérangement. Je suis sûr que nous pourrions t'obtenir une sorte de tarif de consultant ou un pourcentage ou autre.

— Je vais y réfléchir, dit Nico avant de retourner au travail.

— Puis-je parler de cette idée à Claire ? appela Ty en direction du dos de Nico.

Nico s'arrêta et se tourna.

— Oui. Mais rien n'est certain tant que je n'ai pas vu les conditions écrites noir sur blanc. Ma femme est avocate : je veux qu'elle les étudie.

Ty aurait poussé un cri et fait un saut de victoire s'il n'avait pas eu son plâtre.

— Merci beaucoup, dit-il à la place.

Nico grogna et retourna sous le capot.

Ty fit signe à Park de le suivre à l'extérieur. Une fois dehors, Park lui dit :

— Où as-tu eu cette idée folle ?

Il baissa la voix.

— Et tu aurais pu m'en parler avant de le dire à mon patron.

— Pardon, tu as raison. Je panique par rapport à Charlotte. J'ai besoin d'un boulot qui me garde près d'elle. Avec qui d'autre pourrais-je vouloir travailler, mon meilleur pote, mon frè...

— D'accord, la ferme.

Park lui donna une tape sur l'épaule.

— Tu sais que je ferais n'importe quoi pour la famille.

Non seulement Park était fiancé à Mad, la sœur de Ty, mais en plus il était son frère d'honneur depuis que le père de Ty l'avait pris sous son aile à l'âge de dix ans. Il n'y avait personne avec qui Ty préférerait travailler. Park était un type honorable et qui bossait dur. En outre, la réserve profonde de Park fonctionnerait bien à l'écran, contrebalançant l'enthousiasme naturel de Ty.

Park jeta un coup d'œil vers le parking, par-dessus l'épaule de Ty.

— On dirait que tu as manqué à ta dame.

Ty se tourna et vit Charlotte sortir de la voiture.

— On revient, cria-t-il à Charlotte. Reste là. J'arrive.

Elle s'assit à nouveau et elle ferma la portière. Il poussa un soupir de soulagement. Il allait lui falloir un moment avant qu'il se détende au sujet de son statut à risque.

— Félicitations, d'ailleurs, dit Park. Mad m'a dit que c'était un bébé miracle.

— Merci, mais rien n'est encore certain. La grossesse est à risque et je dois la surveiller de près.

Il jeta un regard par-dessus son épaule en direction de Charlotte qui tapotait des doigts sur le volant.

— Il vaut mieux que j'y aille. Réfléchis à mon idée.

Park lui donna une tape sur l'épaule.

— Travaille sur les détails et je verrai ce que je peux faire de ce côté-ci.

— Merci, je t'en dois une.

— Ne crois pas que je ne viendrai pas la réclamer, dit Park en souriant.

Ty retourna vers Charlotte aussi vite que possible avec ses béquilles.

— Tu achètes une voiture ? demanda Charlotte lorsqu'il monta dans la voiture.

— Oui, mais pas ici. Je veux quelque chose de neuf et de solide comme un tank.

Maintenant, il voyait même les voitures sous un tout nouveau jour : pour leur sécurité au lieu de leur puissance, de leur vitesse et de leur côté cool.

— Un tank ?

— Oui, comment appelles-tu ça ? Un van ou quelque chose. Peut-être un Hummer.

— D'accord, dit-elle lentement.

Dès leur retour chez Charlotte, il l'escorta jusqu'au canapé et il alluma la télé, lui disant qu'il allait lui faire un déjeuner sain avant qu'elle retourne au travail. Mais d'abord il devait passer un coup de fil. Il traversa la cuisine et sortit dans la petite cour de derrière. Il ne voulait pas révéler les détails de son plan à Charlotte avant d'être certain qu'il fonctionne. Pas besoin de l'irriter pour rien.

Il appela Claire et parvint à la joindre directement.

— Salut, c'est ton beau-frère préféré.

— Salut, Josh, dit-elle chaleureusement. Comment vas-tu ?

— C'est Ty.

Elle rit de son célèbre rire sexy.

— Je sais. Tout le clan Campbell est programmé dans mon téléphone. Comment va Charlotte ?

— Elle va bien. Écoute, j'ai une idée qui pourrait m'aider à être plus là pour elle.

— Tout ce que tu veux, dit Claire. Je l'aime comme ma chair et mon sang.

Il ressentit un frisson en entendant l'intensité de sa voix, même au téléphone.

— Je pensais à une émission de télé-réalité sur les voitures classiques. Je serais l'animateur, Park s'occuperait des détails techniques. Ce serait produit par ton entreprise. L'endroit où travaille Park est localement bien connu pour la qualité et la variété de ses voitures classiques. J'en ai parlé au propriétaire et il veut bien qu'on lui en dise plus.

— Je vais présenter le pitch à la chaîne Turbo. Il ne s'agit que de voitures en permanence, chez eux. Sinon, j'essaierai PBS. Au pire, nous créerons une websérie. Attends.

Il frappa l'air du poing, car elle était partante.

Quelques instants plus tard, Claire dit :

— Jake veut soutenir le projet pour son premier rôle de producteur. Vous serez salariés, Park et toi, avec une assurance santé. Donne-moi le numéro du garage et je trouverai aussi un arrangement pour le propriétaire.

Un énorme poids tomba de ses épaules.

— Oui à tout ça. Comment puis-je te remercier ?

— Termine ce que tu as à faire à Los Angeles et puis fais tout ce qu'il faut pour retrouver Charlotte aussi vite que possible.

— Je m'en occupe.

Il sentit ses yeux larmoyer devant toutes les attentions de Claire.

— Claire, tu as mon soutien éternel. Vraiment. Si jamais tu as besoin de quoi que ce soit, n'importe quand, je le ferai. Je suis tellement content que tu fasses partie de notre famille.

— Maintenant tu vas me faire pleurer. Bon sang. Vous autres les Campbell vous êtes tellement expressifs. Moi aussi je t'aime.

Elle renifla et elle inspira profondément.

— D'accord, ça va. Maintenant je veux que tu sois conscient de tout ce qui peut arriver pour ton émission.

Nous allons commencer par un épisode pilote. C'est celui-là que je vais montrer. Si cela ne marche pas, si Park et toi vous ne fonctionnez pas bien ensemble, ou si vous fonctionnez bien et que nous décrochons l'émission, mais que personne ne la regarde, je veux que tu réfléchisses à un plan B. Compris ?

Il s'en occupait déjà, les éventualités passant à toute vitesse dans sa tête.

— Compris.

Il raccrocha, prépara rapidement une salade et des sandwichs pour Charlotte et lui et porta le déjeuner jusqu'à la table basse.

Charlotte sourit.

— Qu'es-tu si occupé à planifier, Ty ? Tu agis très bizarrement. Dis-moi ce qu'il se passe.

— Je prévois des choses pour te surprendre à notre mariage.

Il s'assit à côté d'elle et montra son déjeuner.

— Maintenant, mange.

— Vraiment ?

Elle mordit dans son sandwich à la dinde.

— Je croyais que Hailey s'occupait de tout ça.

— Je l'aide.

Il mangea son sandwich, l'observant du coin des yeux afin de s'assurer qu'elle aille bien.

— Tu peux te détendre. Je me sens très bien. Il ne m'arrivera rien.

Son estomac se noua et il posa son sandwich. C'était exactement ce qu'il lui avait dit : 'il ne m'arrivera rien'. Il s'était attendu à ce que ses paroles suffisent à apaiser ses inquiétudes concernant les risques qu'il prenait, mais il savait maintenant au plus profond de ses entrailles que rien ne l'aiderait à mieux vivre le fait qu'elle soit à risque.

Il avait vu les conséquences du pire des scénarios avec Alex et il ne pouvait chasser la terreur qu'il ressentait à l'idée qu'il leur arrive la même chose.

Elle lui jeta un regard compatissant et elle posa son sandwich en lui prenant la main.

— Vraiment. Il ne m'arrivera rien. Tout comme il ne t'arrivera rien avec tes cascades. Après ta convalescence, une fois que le bébé sera là, je suis d'accord pour que tu y retournes. J'ai paniqué avant, mais je ne veux pas que tu abandonnes le travail de tes rêves pour moi. Je ne veux pas que tu en veuilles au bébé ou à moi ou que tu aies l'impression de rater quelque chose. Je veux seulement que tu sois heureux.

Il la regarda avec de grands yeux, stupéfait.

— Vraiment ? Mais tu étais tellement inquiète.

Elle prit son visage entre les mains et le regarda dans les yeux avec tant d'amour qu'il s'étrangla avant même qu'elle ait dit un mot.

— Je t'aime tellement que je n'y mets aucune condition. Je t'aime tant que tout ce que je veux, c'est que tu obtiennes tout ce que tu veux.

— Tu veux donc que je garde mon travail ?

Elle leva les mains.

— Je veux que tu fasses ce qui te rend heureux.

— Bien.

— D'accord, c'est réglé alors.

Elle lui fit un petit sourire et il vit dans ses yeux ce que cela lui coûtait.

— Char, je veux juste que tu saches à quel point je te suis reconnaissant de faire ce sacrifice pour mon bonheur. Je sais que c'est dur pour toi. Et, enfin, moi aussi, je t'aime à ce point. Je démissionne.

Elle écarquilla les yeux.

— Comment ça, tu démissionnes ?

— Je veux dire que mon congé maladie est permanent. Plus de cascades. Je vends ma maison à Los Angeles et je reste ici avec toi de façon permanente.

Elle posa la main sur sa bouche.

— Quand as-tu décidé tout cela ?

— À l'instant.

Elle poussa un cri de joie.

— Ty, tu es sûr ?

Il hocha la tête.

— Dès l'instant où j'ai entendu que tu étais à risque, j'ai compris ce que tu ressentais. Tu ne peux rien faire à la situation et c'est parce que tu portes mon bébé. Moi, je peux changer ma situation.

— Mais que vas-tu faire ? Mad a dit que tu détestais être coach personnel.

— Je ne l'ai pas détesté. J'étais fébrile. D'un autre côté, j'avais vingt ans. Les choses sont différentes à présent avec le bébé et toi.

— Maintenant, tu te sacrifies pour mon bonheur, protesta-t-elle. Je ne veux pas que tu le regrettes.

Il la prit dans ses bras et lui fit un câlin tout en douceur.

— Pas de regrets. Je saute dedans à pieds joints, les yeux grands ouverts.

Elle secoua les épaules et il s'écarta. Il vit qu'elle pleurait. Le médecin avait dit qu'elle serait particulièrement émotive avec les hormones de la grossesse. Il leva son menton et l'embrassa doucement sur les lèvres et la joue et la mâchoire et revint vers sa bouche pulpeuse, essayant de la consoler.

Il essuya ses larmes avec les pouces.

— Ça va mieux ?

Elle hocha la tête et elle l'embrassa à nouveau. Il se laissa faire, toujours content de l'aider à se sentir mieux et mieux et mieux.

Les choses dégénèrent.

C'était apparemment toujours le cas avec Charlotte. Il ne pouvait vraiment rien y faire si elle le trouvait irrésistible. Il comprenait cela. Elle était irrésistible, elle aussi.

18

Deux semaines plus tard, Charlotte était ravie de sa vie. Le médecin était optimiste – avec quelques avertissements au sujet de symptômes nécessitant un appel immédiat –, elle n'avait pas de nausées matinales et mieux que tout, Ty était partant à cent pour cent. Il avait démissionné de son travail, ce dont elle était assez contente, mais bien sûr elle aurait préféré qu'il ait un emploi de remplacement avant de démissionner. Elle allait devoir retourner au travail dans quelques mois.

— Le dîner est prêt, appela-t-il de la cuisine.

— J'arrive !

Elle sourit intérieurement en pensant à l'homme merveilleux dans sa cuisine. Il ne voulait pas qu'elle reste debout plus que nécessaire et il avait pris le relais pour la préparation des repas et la vaisselle. Elle n'allait pas se plaindre. Elle avait fait cela pour elle-même pendant la plus grande partie de sa vie et c'était agréable d'être traité de façon si spéciale, même si c'était un peu exagéré.

— Ça sent délicieusement bon, dit-elle en entrant dans la cuisine.

C'était sa spécialité du lundi soir : des spaghettis et des boulettes de viande achetées au magasin. Elle s'avança vers l'endroit où il entassait des spaghettis sur une assiette et elle l'embrassa sur la joue. Il n'avait plus de béquilles maintenant et il portait une chaussure spéciale.

Il sourit.

— Apporte ton assiette dans le salon. Je veux que tu regardes quelque chose à la télé.

— D'accord.

Elle le laissa finir d'ajouter tout, attrapa les deux assiettes et se dirigea au salon. Ty la suivit avec un grand verre de lait. Il s'assurait qu'elle reçoive assez de protéines pour la croissance du bébé. Il avait vraiment lu toutes les informations sur les sites traitant de la grossesse qu'elle lui avait envoyés.

Ty chargea un DVD dans le lecteur et attrapa la télécommande pour le lancer.

— Prête ? demanda-t-il avec un sourire.

— Qu'est-ce qu'on regarde ?

— Tu vas voir.

Il appuya sur le bouton *play*.

Ty apparut à l'écran en T-shirt noir et jean noir, l'air à la mode et sexy, parlant face à la caméra. Le jean couvrait sa chaussure orthopédique et franchement, cela ne faisait qu'ajouter à sa façon lente de se pavaner.

— Qu'est-ce que c'est ? s'exclama-t-elle.

— Chut, écoute, dit-il avec un grand sourire. Et mange.

C'est ce qu'elle fit. À l'écran, Ty semblait tellement détendu et naturel.

— Les voitures classiques sont un enjeu de taille. Qui découvrira la plus belle voiture abandonnée dans une grange ? Et que vaudra-t-elle après sa restauration ? C'est le jeu chez Restaurations Exotiques et Classiques. Je suis ici avec Nico Marino, le propriétaire du garage, qui a trouvé cette Jaguar XK140SE Roadster de 1956 dans un garage abandonné.

Le type de voiture apparut écrit en gras en bas de l'écran.

— Dis-nous en plus sur cette voiture.

Nico jouait le jeu, tournant autour de la voiture afin d'indiquer ses caractéristiques.

La caméra zooma encore une fois sur Ty.

— Le mécanicien en chef, Parker Shaw, redonnera sa gloire d'autrefois à cette voiture. Nous espérons qu'elle ira chercher dans les six chiffres aux enchères. Voyons voir comment tout cela se déroule.

— Park aussi ? s'exclama-t-elle.

Ty lui serra la main.

— Oui.

Elle regarda Ty vanter la voiture et l'histoire de ce modèle avec un enthousiasme contagieux, même pour quelqu'un comme elle qui ne connaissait pas grand-chose aux voitures. Puis il y eut quelques scènes de Park travaillant sur la voiture en expliquant ce qu'il faisait. Park et Ty partirent faire un tour afin de la tester puis ils la vendirent aux enchères pour un très bon prix. À la fin, Park et Ty firent un jeu de questions éclair, testant les connaissances en voitures de l'un et l'autre, ce qui la fit rire. Ils avaient tous les deux beaucoup de connaissances dans le domaine, c'était simplement amusant de les voir essayer de faire mieux que l'autre et se moquer quand une réponse était proche, mais insuffisante.

L'épisode se termina et Ty se tourna vers elle.

— Qu'en penses-tu ?

— C'était super ! Amusant, informatif et divertissant. Quand as-tu fait tout cela ?

— Deux semaines de matinées mises bout à bout.

— C'est là que tu allais si tôt le matin ? Je croyais que tu faisais du sport.

— Non. Et je voulais attendre d'avoir avancé avant de te faire espérer.

— C'est fabuleux.

Il fit un geste vers l'écran.

— Franchement, les enchères étaient pour une autre voiture. Nous avons coupé la scène juste pour faire un exemple. Nous aurons une musique de générique et un titre qui accroche. Claire travaille encore là-dessus.

Sa mâchoire tomba.

— C'est Claire et toi qui avez monté ça ensemble ? C'était pour ça, tous ces appels téléphoniques ?

— Oui, en partie. L'émission sera essentiellement sur Park et moi. Nico ne fera que l'introduction de la voiture au début. Claire l'a convaincu que ce serait bon pour ses affaires. Tu sais, l'homme derrière l'enseigne. Elle lui a dit que c'était à cause de son expertise, mais elle m'a avoué que c'était parce qu'il était agréable à regarder.

Il lui jeta un coup d'œil en attendant sa réaction.

— Oh non ! C'est toi qui es beau à voir dans cette émission.

Même si Nico était très agréable à regarder.

Ty hocha brièvement la tête, apparemment satisfait par sa réponse.

— Si tout se passe bien, ce sera mon nouveau travail et nous tournerons dans le Connecticut. Il faudra peut-être faire quelques trajets pour aller chercher une voiture, mais sinon je suis ici. Jake produit l'émission par l'intermédiaire de l'entreprise de Claire.

— Je n'arrive pas à croire que vous ayez fait tout ça sans que j'en aie la moindre idée !

— Je voulais te surprendre.

Il l'embrassa et il la fit passer sur ses genoux d'un geste habile.

— Il n'y a pas beaucoup de risques et cela paie bien. Je serais tellement près de toi que tu en auras marre de me voir.

Il caressa ses cheveux et entoura son poing avec, tirant sa tête en arrière afin de l'embrasser.

Elle parla dès qu'il la laissa respirer.

— Je n'en aurais jamais marre de te voir.

Il sourit.

— Le mieux, c'est que je ne filmerai qu'au printemps et en été quand il fera beau. Le reste de l'année, je serai tout à toi. Nous pourrons peut-être monter notre entreprise d'entraînement personnel ici. Je prends les clients pendant que tu es en congé maternité et puis tu reprends le flambeau quand tu le pourras.

— Tu as tout planifié, n'est-ce pas ?

— Bien sûr que oui.

— Tu es merveilleux.

Elle le saupoudra de baisers sur son visage et dans son cou.

— Si c'est un garçon, nous l'appellerons Ty Junior. Tu es le seul à pouvoir faire tout cela. Il est ton héritage.

Ty bomba le torse avant de se dégonfler.

— Attends, tu ne connais pas mon vrai nom, n'est-ce pas ?

— C'est Tyler, non ?

Il leva la main.

— D'accord, ne rigole pas.

— Oh oh.

— J'étais très actif dans le ventre de ma mère.

— Ça ne m'étonne pas.

Il grimaça.

— Tyger avec un y.

— Tyger ? Qui ose faire ça à un enfant ?

— Ma mère, apparemment. Et bien sûr, il y a Tiger Woods. Il était en train de briser des records au golf pendant qu'elle était enceinte de moi.

— Mais ce n'est pas son vrai nom, gloussa-t-elle. Je n'arrive pas à croire que je n'ai pas entendu les garçons se moquer de toi.

Ty posa la main sur son ventre, comme il le faisait souvent quand il essayait de créer un lien avec le bébé.

— Cela leur rappelle ma mère, alors personne n'en parle.

Elle devint sérieuse.

— Pardon. Je sais que ta mère n'est pas ta personne préférée. Nous pourrions simplement l'appeler Ty, c'est court et joli.

Ses lèvres se courbèrent en un sourire tendre.

— Tu dois vraiment m'aimer.

— C'est le cas.

— Rendons les choses officielles, alors.

Il attrapa quelque chose dans sa poche, prit la main de Charlotte et glissa une bague en diamant marquise sur son doigt.

Elle l'examina.

— Oh, Ty. Elle est si jolie.

Il posa une main sur son visage et la regarda dans les yeux.

— Samedi. Tout est planifié. Il te suffit d'arriver avec ta robe. Zéro stress pour ma future épouse.

Elle jeta les bras autour de son cou.

— C'est parfait.

Le samedi, Ty la surprit encore. Elle était certaine qu'il avait essentiellement laissé faire Hailey pour la planification du mariage, malgré ce qu'il avait dit. Cela signifiait donc un mariage à Clover Park, dans Ludbury House, où Hailey célébrait la plupart des mariages. Mais non. Pas du tout.

C'était sur un yacht amarré à un quai de la rive du Connecticut. Exactement le même bateau sur lequel ils étaient restés coincés dans la boue pour leur premier rendez-vous magique lorsqu'ils avaient révélé qui ils étaient intérieurement. Sauf que cette fois le capitaine, pas Ty, mais le véritable capitaine, l'acteur et comédien Will McKay, était aux commandes.

Toutes ses amies étaient là, même Claire qui était arrivée en avion et qui avait emmené sa styliste pour faire les coiffures et le maquillage de tout le monde dans la maison de Charlotte. Hailey s'était occupée de la robe, emmenant Charlotte dans une boutique qu'elle connaissait bien qui leur avait offert le traitement VIP. Sa robe était en satin blanc, moulante avec un bustier droit sans bretelles et une petite traîne. Un long voile tombait dans son dos. Elle *l'adorait*. Elle adorait tout.

Ses amies minimisèrent leur rôle dans la préparation du mariage de Charlotte. En fait, ce fut la première chose que dit Claire en arrivant :

— Ne me rends pas responsable de ton fiancé autoritaire. C'est lui qui donne des ordres à tout le monde, s'occupe de tes besoins de mariée, de ta lune de miel, qui tire les ficelles afin d'obtenir des rendez-vous avec les meilleurs médecins de la ville.

Charlotte avait tout de même vivement remercié Claire

et Hailey, en sachant que c'était la célébrité de Claire et l'efficacité dans l'organisation de Hailey qui avaient rendu possibles les plans de Ty.

C'était désormais presque le coucher de soleil et la réception de mariage battait encore son plein. Claire alla voir Charlotte afin de s'assurer qu'elle était contente de tout. Hailey se précipita vers elle pour répéter la même question et elle rappela à Charlotte que le gâteau de mariage était du genre bon pour la santé, du gâteau à la carotte, et vraiment pas de sa faute. Ty avait insisté pour le bébé.

— C'est très bien, dit Charlotte. J'aime tout.

Elle les regarda toutes les deux, l'émotion lui serrant la gorge et faisant larmoyer ses yeux.

— Je vous aime, vous êtes mes sœurs.

— Des sœurs d'un autre géniteur, dit Claire.

Hailey hocha vigoureusement la tête, ses propres yeux pleins de larmes.

— Hé, et nous, on est quoi ? Des entrailles de vers de terre broyées ? cria Mad.

— Viens là ! cria Charlotte à son tour.

Mad attrapa Lauren par le bras, qui attrapa Carrie. Hailey se précipita afin de rassembler les autres dames du Club de Lecture Happy End.

Une folle agitation de câlins et d'exclamations s'ensuivit jusqu'à ce que Ty vienne s'assurer que Charlotte ne soit pas bousculée.

— Doucement, mesdames, dit-il. Excusez-nous, c'est le moment de notre slow. Ils jouent notre chanson.

— 'SexyBack' est notre chanson ? demanda Charlotte.

Ty leva un sourcil.

— Tu as besoin de le demander ?

— Ça manque de subtilité, non ? demanda Mad.

— C'est la faute de Charlotte, expliqua Ty. C'est sa chanson préférée. Elle m'a demandé de danser dessus avant d'accepter de sortir avec moi.

Il se tourna vers Charlotte.

— Admets-le, bébé.

— Ty ! s'exclama Charlotte. Ce n'est pas ma préférée.

Ty l'embrassa.

— C'est la mienne parce qu'elle t'a donnée à moi.

— Oh, Ty.

Elle jeta les bras autour de lui en le serrant fort. Il était tellement adorable. Il lui rendit le câlin de façon modérée et douce avant de la prendre par la main et de la guider vers le grand pont à l'arrière. Ses amies sifflèrent en criant 'sexy, sexy !' derrière elle.

— Tu sais qu'elles ne me lâcheront plus avec ça, lui dit-elle en marchant derrière lui sur le chemin étroit vers le pont arrière.

— Je suis certain que nous leur donnerons plein d'autres choses à discuter dans le futur, dit-il en jetant un regard diabolique par-dessus son épaule.

Elle lui sourit en secouant la tête.

Ty portait toujours sa chaussure orthopédique, donc ils ne purent pas beaucoup danser à la réception, sauf pour les slows, ce qui l'arrangeait, car il ne voulait pas qu'elle danse. Il était catégorique en disant ne pas vouloir qu'elle 'secoue les choses là-dedans.'

Elle était d'accord tant qu'elle pouvait quand même profiter d'une lune de miel avec des privilèges de nudité complète. Ils allaient la passer dans la suite d'un superbe hôtel de luxe en ville, où Claire avait des contacts.

Ils arrivèrent sur le pont arrière et Ty l'attira dans ses bras, dansant joue contre joue, bougeant à peine malgré la chanson au rythme rapide.

— Cette fois, c'est vraiment une autre version de la croisière au coucher de soleil, dit-elle.

— Ça sent vachement moins mauvais, en plus, rétorqua-t-il en gloussant.

— Et tu es entièrement habillé en smoking, dit-elle. Je crois que je préférais la serviette et le minuscule peignoir. C'est tellement dommage de cacher ce corps magnifique.

Il enfouit son nez dans son cou et lui chuchota à l'oreille :

— Il ne sera pas caché longtemps, bébé. Il me tarde notre lune de miel.

— Moi aussi.

Il lui promit d'une voix rauque :

— Je vais doucement faire basculer ton univers.

Elle ne put s'empêcher de sourire.

— C'est ce que tu fais toujours.

Ils étaient les seuls à danser, mais elle s'en moquait, se sentant complètement à l'aise avec ses invités et son homme. La majorité de la playlist était constituée de slows à la demande de Ty. Il allait jusqu'au bout quand il s'agissait de s'occuper d'elle et du bébé, elle ne pouvait pas le nier.

Les garçons – les frères Campbell et leurs amis – étaient tout près, discutant avec Will McKay de ce que son yacht pouvait faire. Sauf Alex, qui tenait Viv dans un gilet de sauvetage près du bastingage où elle pointait du doigt en faisant des 'oh' et des 'ah' en montrant les autres bateaux sur l'eau.

Cela ne ressemblait pas du tout à ce que Charlotte avait pu imaginer de son mariage : sur un bateau, enceinte avec un mari qui animait une émission de télé-réalité. Pourtant, c'était son happy end parfait.

ÉPILOGUE

La grossesse de Charlotte fut difficile. Pas seulement pour elle, mais pour Ty également. Son empathie pour elle le rendait autoritaire de temps en temps, mais toujours avec les meilleures intentions. À partir de six mois de grossesse, elle dut rester alitée. Ty organisa une infirmière pour les moments où il ne pouvait pas être présent et ses amies lui rendaient visite tour à tour. Et même si c'était difficile de rester au repos, particulièrement avec son style de vie auparavant actif, elle se rappelait toujours l'objectif final : son petit miracle.

Mais ce n'était pas le seul miracle. Pour elle, c'était également la proximité inattendue qu'elle découvrit lorsqu'elle s'ouvrit à ses amies. Elle pouvait sincèrement dire qu'elles étaient comme sa famille. Et bien sûr, la famille de Ty était maintenant la sienne également. Leur frigo et leur congélateur étaient remplis de plats sains préparés soit par leur famille soit ramenés de Garner's.

Hailey s'organisa même pour que le club de lecture se rencontre dans la chambre de Charlotte, tout le monde s'entassant sur le lit avec elle ou sur les chaises pliantes que Ty avait achetées pour les visiteurs. Lors de leur première réunion, Ty était resté assis sur une chaise à côté du lit, souhaitant s'assurer que Charlotte ne soit pas à l'étroit ou trop fatiguée ou trop excitée. Il dit à tout le monde qu'il était là parce qu'il était curieux de la romance et il avait même lu le livre *Highlander's Mission*. Il n'avait pas non plus peur de contribuer à la discussion.

— Pensez-vous que Brianna aurait épousé l'homme choisi pour elle à la naissance si Roan n'avait pas survécu à la bataille ? demanda Ty tout de suite.

Les femmes furent trop occupées à glousser et à chuchoter pour répondre. Charlotte lui demanda presque d'aller lui chercher quelque chose à grignoter ou de l'eau, car elle était gênée pour lui, mais Ty n'était pas du tout gêné, lui.

— Du calme, dit-il. Les hommes aussi aiment la romance. Pourquoi croyez-vous que je sois tombé si follement amoureux de cette beauté ?

Il prit la main de Charlotte et y déposa un baiser en la regardant dans les yeux.

Elle poussa un soupir rêveur. Les autres aussi.

Tout le monde se mit bientôt à discuter des livres, Ty compris.

— D'ailleurs, que se passe-t-il avec Fiona ? demanda-t-il. Pensez-vous qu'elle sera avec le frère de Brianna dans le livre suivant ? Y a-t-il un livre suivant ?

— Oui ! dit Hailey avec enthousiasme de l'endroit où elle était assise à côté de Ty. C'est une trilogie. Je t'enverrai le lien par mail. Cela s'appelle *Highlander's Mate*.

— Ce sera sur Fiona ? demanda Charlotte.

Hailey balaya sa question de la main.

— Tu verras quand nous y serons. Revenons à *Highlander's Mission*.

Ty fut ravi de le faire.

— Vous arrivez à croire que Roan vient de déménager Brianna dans sa forteresse ? Je veux dire, c'est le chef de clan, il est censé épouser une autre femme qui est sur le point de venir lui rendre visite, et elle est là.

— Les maîtresses étaient assez courantes à l'époque, répondit Hailey. Je ne le tolérerais jamais, mais c'était une époque différente.

Elle dévisagea son groupe.

— Les rendez-vous galants et le mariage sont tellement mieux maintenant, n'est-ce pas, mesdames ?

Un débat animé à ce sujet s'ensuivit et Ty écouta avec fascination. Il n'avait sans doute jamais entendu autant de femmes parler si ouvertement de la façon dont de nombreux hommes étaient nuls. Pas le sien, bien sûr, Charlotte avait de la chance.

— C'est pour cela que je prends mon travail de facilitatrice d'amour si sérieusement, dit Hailey. Que toutes celles qui en ont assez d'avoir des rendez-vous en série – elle observa le groupe – me le fassent savoir et je serais ravie de faire mon tour de magie afin de vous trouver votre propre happy end.

— Quel genre de magie ? voulut savoir Ty.

— Oh, je forme des couples, dit Hailey.

— Ah bon ? s'étonna Ty, manifestement surpris d'entendre cela.

— Tout à fait ! répondit Hailey avec un grand sourire avant de les énumérer sur ses doigts. Julia et Angel, Claire et Jake, Mad et Park, et Charlotte et toi.

Aucune des femmes ne la contredit, car d'une certaine façon, elle avait aidé à faire avancer les choses, même si elle n'était pas *directement* responsable des heureux couples.

— Charlotte et moi ? répéta Ty en fronçant les sourcils. Je crois que c'est moi qui ai fait ça.

Charlotte dissimula un sourire.

Hailey était trop polie pour argumenter, se tournant vers Mad à la place.

— Dis-lui.

Mad leva les yeux au ciel et dit d'un ton monocorde :

— C'est une accro à l'amour. Elle fait naître l'amour.

Charlotte tapota le bras de Ty.

— C'est écrit sur sa carte de visite professionnelle.

Ty fit un sourire sournois à Hailey.

— Tu devrais peut-être faire ton tour de magie sur mon frère bestial. Ce vaurien. Ce goujat.

Il s'agissait des insultes préférées de Hailey pour désigner Josh. En retour, il la traitait toujours de princesse.

Hailey rougit, se racla la gorge et annonça vivement :

— Revenons-en à Roan et Brianna. Ne nous éloignons pas du sujet.

Ty gloussa. Les autres savaient qu'il valait mieux ne pas se moquer de Hailey. Les capacités de génie maléfique de Hailey étaient devenues très évidentes dans ses interactions avec son ennemi juré. Josh devait prévoir quelque chose de véritablement perfide en retour.

Après cette première réunion, Ty laissa les dames entre elles pour les suivantes, mais il continua à lire les livres. Il voulait toujours en parler à Charlotte et il avait beaucoup de nouvelles idées pour eux dans la chambre également, une fois que le bébé serait né.

Heureusement, Ty Junior naquit en bonne santé, mais avec un mois d'avance. Ils l'appelèrent TJ.

Le médecin dit que les chances de Charlotte de retomber enceinte étaient encore une fois très ténues et que le même risque élevé s'appliquerait. Ty et elle décidèrent de se contenter du miracle qu'ils avaient. Aucun d'entre eux ne voulait risquer ne pas être là pour TJ.

Ty sauta à pieds joints dans la paternité. C'était la façon dont il abordait tout dans la vie. Charlotte appréciait cela chez lui et elle décida d'étendre le même enthousiasme à sa propre vie. Dès que TJ serait assez grand, elle allait chercher un studio et ouvrir sa propre entreprise de coach sportive, travaillant individuellement avec les clients et selon son propre emploi du temps. Pour la première fois de sa vie, elle envisageait l'avenir avec beaucoup d'espoir et le cœur ouvert. Difficile de croire que tout avait commencé par une danse.

Une danse ratée.

Une danse super sexy.

Une danse *traînons ensemble*.

Et une danse de mariage tendre et lente qui promettait le bonheur pour toujours.

Chers lecteurs,

Qu'en pensez-vous ? Josh a-t-il prévu quelque chose de sournois pour Hailey, son génie du mal, ou bien est-il trop distrait à regarder son joli derrière ? La pacificatrice Lauren pourra sans doute aider à apaiser la situation entre ces deux-là. Ou peut-être est-elle trop occupée. Après tout, elle vient d'accepter que Hailey cherche l'amour pour elle. Bien sûr, il faudra que ce soit uniquement pendant les week-ends, car un père célibataire fatigué a besoin de son aide avec sa petite fille pendant la semaine. L'histoire suivante est celle d'Alex et Lauren, *Entente formelle*, le tome quatre de la série du Club de Lecture Happy End. Rejoignez le club et réclamez votre happy end !

Entente formelle (Club de Lecture Happy End, Tome 4)

Lauren Bishop a planifié tout son été : elle va travailler en tant que nounou pour un père célibataire désespéré et trouver l'insaisissable homme idéal. Elle s'est même inscrite au service Faites Naître l'Amour (TM) garanti pour la fin de l'été par l'entremetteuse locale ! D'une façon ou d'une autre, ses projets déraillent, car elle se met à désirer son employeur émotionnellement indisponible.

Lorsque les molaires de son petit rayon de soleil de deux ans le transforment en démon, le père célibataire Alex Campbell regrette l'époque plus simple des pique-niques avec les peluches. C'est un cauchemar parental ! Puis l'adorable Lauren atterrit dans leurs vies comme un ange venu du ciel. Alex ne veut pas de relations, c'est pour cette raison qu'il rejette toutes les femmes sur son chemin, mais il ne peut pas se permettre de perdre cette nounou. Peut-il la convaincre de rester alors qu'elle désire la seule chose qu'il ne peut pas lui donner ?

Inscrivez-vous à ma newsletter afin de ne rater aucune de mes nouvelles publications: Kyliegilmore.com/FRnewsletter

DU MÊME AUTEUR

La série Clover Park

The Opposite of Wild (Book 1)

Daisy Does It All (Book 2)

Bad Taste in Men (Book 3)

Kissing Santa (Book 4)

Restless Harmony (Book 5)

Not My Romeo (Book 6)

Rev Me Up (Book 7)

An Ambitious Engagement (Book 8)

Clutch Player (Book 9)

A Tempting Friendship (Book 10)

La série Clover Park STUDS

Almost Over It (Book 1)

Almost Married (Book 2)

Almost Fate (Book 3)

Almost in Love (Book 4)

Almost Romance (Book 5)

Almost Hitched (Book 6)

La série du Club de Lecture Happy End

Hollywood incognito (Tome 1)

Au-devant des ennuis (Tome 2)

Même pas cap (Tome 3)

Entente formelle (Tome 4)

Erreur sur le bad boy (Tome 5)

À PROPOS DE L'AUTEUR

Kylie Gilmore est l'auteur de best-sellers sur la liste de *USA Today* de la série du Club de Lecture Happy End, la série Clover Park et la série Clover Park STUDS. Elle écrit des romances comiques qui vous feront rire, vous feront pleurer et vous donneront un coup de chaud.

Kylie vit à New York avec sa famille, deux chats et un chien complètement fou. Quand elle n'est pas en train d'écrire, de courir après ses enfants ou de prendre des notes lors de conférences sur l'écriture, vous la trouverez sur la pointe des pieds, cherchant à atteindre sa cachette secrète de chocolat tout en haut du placard.